Die Organ-Chroniken

Chroniken

Warten auf das Klo

AF189602

Michelle Krabinz

***Anmerkungen zur Autorin**: *

Michelle Krabinz ist eine junge Künstlerin mit vielseitigen Interessen: Schriftstellerei, Schauspielerei, Malerei und Fotografie gehören zu ihren Leidenschaften – ebenso wie Essen.

Den Grundgedanken für „Die Organ-Chroniken" bekam sie eines Morgens auf einer Bahnfahrt und begann seitdem, ihre vielseitigen Nahrungsmittel-Umstellungen und Ernährungserfahrungen spielerisch in Einzelwerken zusammenzufassen. Da sie eine große Genießerin kulinarischer Köstlichkeiten ist und Essen lange Zeit als eine ihrer Lieblingsbeschäftigungen ansah, beschloss sie, die zuerst vereinzelten Kurzgeschichten in einer Chronik zusammenzufassen. Fortsetzungen sind geplant und Teil 2 der Organ-Chroniken bereits in Arbeit.

Ansonsten wünscht Michelle Krabinz einem jeden Leser humoristische Inspirationen für den eigenen Essens-Alltag und möchte an dieser Stelle noch anmerken, dass alle Angaben zu Lebensmitteln oder deren Verwendung auf persönlichen Erfahrungen beruhen und nicht als medizinische Beratung angesehen werden dürfen.

Enjoy your meal – and the book!

Die Organ-Chroniken

Warten auf das Klo

Anmerkungen zum Buch:

In diesem Buch wird im Folgenden die Figur „Geist"
auftauchen. Hiermit ist die Steuerungszentrale unserer
Wahrnehmung gemeint, wobei sich jeder nach seiner
eigenen Kultur und Meinung selber überlegen möge, was
er oder sie in dieses Wort hineininterpretiert. Jedenfalls ist
in diesem Buch der Geist für die Wahrnehmung und der
Verstand für die Erinnerungen und Analyse,
beziehungsweise Gefahrenberechnung, zuständig. Wenn
nicht genauer differenziert, werden beide unter dem
Begriff „Gehirn" zusammengefasst.

Zudem gibt es die Figur „Gewissen", welche streng
genommen nicht unbedingt unter dem Begriff ‚Organ'
einzuordnen wäre. Dennoch wird sie zum besseren
Verständnis des sogenannten ‚inneren Konfliktes'
miteinbezogen.

Die Deutsche Nationalbibliothek verzeichnet diese
Publikation in der Deutschen Nationalbibliografie;
detaillierte bibliografische Daten sind im Internet über
http://dnb.dnb.de
abrufbar.

Herstellung und Verlag:
BoD – Books on Demand, Norderstedt
ISBN: 978-3-7448-2031-8

Inhaltsverzeichnis

Tiff & Toff Taschenbuch 008

Kapitel 1: One-Night-Stand

Sie war betrunken und willig, er war groß und muskulös und die Valentinsnacht schon fortgeschritten, genauso wie der Status ihrer Beziehung: Diese hatte sich von ‚Unbekannt' zu ‚gut aussehendes Subjekt der Begierde' entwickelt und nun lagen beide nackt in einem Hotelzimmer. Auf dem Teppich – bis zum Bett hatten die Klamotten nicht mehr gereicht. Während die beiden stöhnend ihren Trieben frönten, war im Körper ebenfalls einiges los …

Körper des Mannes

Herz: Man, das geht ab. Endlich Stimmung in der Bude!

Magen: Ich bin nicht mal fertig mit dem ganzen Bier …

Leber: Frag' mich mal! Ich habe immer noch mit dem Einsamkeitssaufen von gestern genug zu tun. Und jetzt wackelt der auch noch so rum …

Nieren: Man, man, man. Wenn der so weiter macht, stellt er einen neuen Blutdruckrekord auf! Allerdings ist das auf Dauer echt nicht gesund … Boah und was das wieder alles an Säure bedeutet … Wenn er sich wenigstens basisch ernähren würde!

Magen: Erzähl' mir mal was von Ernährung. Der Typ weiß, glaube ich, nicht mal, wie sich das Wort ‚gesund' in dem Zusammenhang definiert …

Blase: Jetzt hört doch alle mal mit dem Geschnatter auf, ich muss mich hier konzentrieren, ja? Ist schließlich nicht einfach bei dem ganzen Bier so lange alles drinzubehalten.

Magen: Tse, du hast Probleme. Bei dir ist es wenigstens nur Flüssigkeit! Bei mir fliegen die halb verdauten Pommes rum, das ist erst nervig!

Dickdarm: Ruhe! Ich muss hier den größten Furz des Jahrhunderts zurückhalten, also hört auf zu Meckern, ihr Jammerlappen! Und du, Dünndarm, hörst bitte auf, Sachen nachzuschieben, sonst wird's hier bald echt eng!

Dünndarm: Ja, sorry, aber ich mache auch nur meinen Job. Und viele Nährstoffe kann man aus so'ner Tiefkühlpizza eben nicht rausholen …

Dickdarm: Okay, okay, schon klar, aber seid jetzt bitte einfach alle mal still, sonst gibt's hier gleich eine Gasvergiftung!

<u>Körper der Frau</u>

Herz: Geiler Beat!

Magen: Alter Angeber …

Herz: Wen nennst du hier alt? Du bist nicht jünger als ich!

Magen: Ja, aber ich sehe noch besser aus …

Herz: Stimmt ja gar nicht!

Magen: Stimmt wohl!

Herz: Nope! Du siehst schon ziemlich mitgenommen aus, besonders seit dem ganzen Fast Food, was wir uns in letzter Zeit ständig reinziehen …

Magen: Bäh, diese Billigscheiße ist echt zum Kotzen! Wie man da überhaupt irgendwelche Nährstoffe rausholen soll, ist mir ein Rätsel …

Dünndarm: Mir auch!

Dickdarm: Dito! Deshalb haue ich das immer, so schnell es geht, wieder raus – ist echt widerlich!

Verstand: Vielleicht sollte man denen dafür mal einen Klagebrief schicken …

Magen: Oder ich löse einfach jedes Mal einen Brechreiz aus …

Gewissen: Gewalt ist keine Lösung!

Magen: Was mischst du dich denn hier ein? Du musst das ja nicht alles durchmachen!

Gewissen: Mir geht's danach ebenfalls jedes Mal schlecht! Ich meine, schon die ganzen Bedenken, die dann wegen der Figur aufkommen …

Blase: Oh man!

Verstand: Was ist denn los?

Blase: Wir hätten vorher noch mal auf Toilette gehen sollen! Dieser ganze Alkohol ist echt zu viel für mich. Und wenn dieser Typ weiter so auf uns rumwackelt…

Verstand: Keine Sorge, ich werde nicht zulassen, dass ein Harnlass-Impuls ausgelöst wird.

Blase: Das freut mich, aber dennoch ist es sehr unangenehm, wenn der so auf mir rumhopst!

Magen: Wem sagst du das! Ich habe immer noch den Restalkohol, gemischt mit Pommes, in mir drin. Glaub' mir, das ist nicht gerade angenehm, wenn das in einem herumfliegt …

Dünndarm: Oder die fast verdaute Pizza von gestern Abend …

Nieren: Wie die sich überhaupt vorstellt, dass ich mit solch einem Junkfood einen vernünftigen Säure-Basen-Haushalt führen soll … Ein bisschen Obst oder Gemüse wären mal wieder ganz nett. Ananas zum Beispiel! Die hilft immer echt gut bei der Entsäuerung.

Magen: Oh ja! Oder Heidelbeeren, Mangos, Weintrauben, Oliven … Vielleicht auch mal wieder Paprika oder Rote Beete, Mangold, Brokkoli …

Dünndarm: Oder Karotten …

Verstand: Ein exzellenter Vorschlag! Ich habe gerade erst letztens von einer Frau gehört, die ihren Krebs mit Karotten heilen konnte. Irgendeine amerikanische Schriftstellerin glaube ich … Jedenfalls konnte sie ohne Chemotherapie ihren Krebs erfolgreich durch eine Karottentherapie heilen!

Dickdarm: Hört sich gut an! Vorsorge kann nie schaden! Also demnächst mal wieder Karottensaft pressen!

Magen: Schmeckt selbst gepresst definitiv am besten. Oder Karottensalat! Mh, lecker …

Herz: I like that boom boom …!

Magen: Geht das schon wieder los …

Herz: Na, was denn? Hier geht schließlich voll die Party ab! Der Typ ist richtig am Abgehen, wieso sollte ich dann nicht mitmachen?

Magen: Der ist sowieso bald fertig …

Geist: Ja, hört sich so an, als würde er gleich kommen …

Herz: Och nö, schon? Ich bin noch gar nicht richtig warm geworden …

Blase: Also mir wär's durchaus recht, dann könnten wir endlich auf's Klo!

Dickdarm: Okay, dann bereite ich auch schon mal'ne Ladung vor …

Gewissen: Du willst in einem Hotelbadezimmer defäkieren gehen? Gibt's denn überhaupt eine vernünftige Lüftungsanlage? Oder Duftspray?

Geist: Ich habe beim durch die Tür taumeln einen Hauch von Zitronenaroma aus dem Bad aufgenommen. Ließ sich jedoch nicht genauer verifizieren, dann lagen wir schon auf dem Boden.

Verstand: Die Wahrscheinlichkeit ist relativ hoch, dass sie in einem Hotelbadezimmer Duftstoffe zur Verfügung stellen.

Dickdarm: Gut so, hier wird's nämlich sonst irgendwann etwas voll.

Dünndarm: Also ich hätte durchaus genug zum Nachschieben, von daher wäre ein bisschen Platz gar nicht schlecht …

Magen: Ja, ich habe ebenso genügend Nachschub.

Blase: So oder so, ich habe Vorrang!

Dickdarm: Ja, ist ja gut, du darfst zuerst …

Geist: Er kommt!

Magen: Wer?

Geist: Na ER!

Herz: Der Typ!

Magen: Ach so … Na, dann ist's wenigstens mit der
Wackelei vorbei.

Gewissen: Hat er denn ein Kondom drauf?

Verstand: Ja, ich erinnere mich, dass wir ihm eins
übergestülpt haben, während er noch mit dem
BH gekämpft hat.

Gewissen: Na, dann bin ich beruhigt …

Kapitel 2: Verdauungsstreit

Neulich in der Bahn, auf dem Weg zur Arbeit …

Magen: Wieso habe ich eigentlich schon wieder nichts Warmes zum Frühstück bekommen? Es ist viel angenehmer, morgens mit einer warmen Mahlzeit geweckt zu werden!

Verstand: Vorgestern hattest du doch etwas frisch Gekochtes zum Frühstück.

Magen: Ja, vorgestern. Aber heute nicht!

Verstand: Es ist halt umständlich, so früh morgens immer noch zu kochen …

Magen: Aber es ist viel gesünder! Dann kann ich die ganzen Kohlenhydrate über den Tag hinweg direkt wieder zum Verbrauch verwerten lassen und es setzt nicht so viel an!

Verstand: Mag sein. Nur als ich heute Morgen überlegte, was sich als Frühstück anbietet, fiel beim Blick in den Kühlschrank …

Geist: … meine Aufmerksamkeit direkt auf den Mango-Vanille-Joghurt!

Verstand: Und dann bekamst du, Magen, sogleich Appetit.

Magen: Ja, der schmeckt nun mal gut …

Verstand: Deshalb habe ich ihn als Frühstück ausgesucht. Und er war doch lecker, oder?

Magen: Lecker schon, aber kalt!

Verstand: Dafür habe ich ja noch warmen Tee nachgießen lassen.

Magen: Das macht den Energieverlust für's Essenaufwärmen aber nicht wieder wett …

Verstand: Gut, dann versuchen wir morgen eben wieder mal etwas Warmes hinzubekommen.

Darm: Also ich verdaue immer noch an dem Warmen von gestern Abend herum. Ganz schön viel! Und vor allem Weizennudeln, davon bekomme ich immer Blähungen …

Magen: Ja, Kamut-Nudeln sind viel besser!

Verstand: Kamut gehört ebenfalls zur Sorte ‚Weizen' …

Magen: Schon, ist aber deutlich bekömmlicher!

Verstand: Vermutlich, weil es natürlicher und nicht so genmanipuliert ist, wie der Standardweizen…

Darm: Jedenfalls sollte man abends nicht mehr so viel essen, das stört nachts den ganzen Reinigungsvorgang.

Magen: Jap, liegt einem echt schwer in der Gegend rum. Könnten wir über den Tag hinweg viel besser verwerten. Dann wäre nachts endlich mal Ruhe!

Blase: Wohingegen die Flüssigkeitsaufnahme in letzter Zeit echt mangelhaft ausfällt.

Nieren: Wem sagst du das! Der Flüssigkeits-Haushalt ist momentan wirklich suboptimal.

Verstand: Vielleicht noch ein bisschen Tee?

Magen: Jetzt lass mich doch erst mal das Frühstück verdauen. Ständiges Flüssigkeiten Nachgießen macht das nur schwerer!

Verstand: Schon gut, schon gut.

Blase: Na, dann kann ich ja erst mal ein Nickerchen machen ...

Magen & Darm: Typisch! Während andere arbeiten müssen!

Verstand: Moment mal! Im Büro muss ich immer viel mehr arbeiten!!

Geist: Oh, seht mal! Ein Eichhörnchen!

Kapitel 3: Weihnachtsfestessen

Es war einmal in einem kleinen, altmodischen Wohnzimmer, dort lebte eine verwitwete Oma mit ihren Röschentischdecken. Nun trug es sich zu, dass die alte Dame ein Familienessen zu Ehren von Christi Geburt abhielt. Die ganze Verwandtschaft war von nah und fern angereist und hatte sich nun um den Röschentisch versammelt, um gemeinsam den Festtagsbraten zu verschmausen. Die Auswahl an Speisen war groß und wurde im Übermaß vertilgt. So geschah es, dass der Dünndarm des jüngsten Enkels – einem jugendlichen Spross mit pubertärer Akne – eine Revolution anzettelte.

Dünndarm: Okay Leute, jetzt reicht's! Also entweder du, Dickdarm, hörst endlich mal auf, gemütlich vor dich hinzumümmeln und sorgst für Platz oder du, Magen, lässt das ständige Nachschieben sein! Denn so geht es echt nicht weiter!

Magen: Was soll ich denn tun? Meine Platzkapazitäten sind völlig ausgereizt! Aber der Lümmel möchte ja unbedingt bis zum Dessert mithalten …

Dünndarm: Dann müssen wir ihm eben klar machen, dass das so nicht weitergeht! Dickdarm! Wie steht's bei dir?

Dickdarm: Wie's bei mir steht? Bis oben hin, das kann ich dir sagen! Hier ist bald wegen Überfüllung geschlossen … Meine beiden Schließmuskeln sprechen schon kaum noch miteinander, weil der

innere beleidigt ist, dass der äußere
Schließmuskel nichts rauslassen will!

Gehirn: Da ist wohl nichts zu machen, solange der Bursche
seine Fressorgie nicht mal für einen Toilettengang
unterbricht … Bis dahin bleiben die After-Pforten
geschlossen! Basta!

Magen: Pasta? Auch das noch!

Gehirn: Nein, nein! Keine Pasta! Als Nächstes kommen die
Klöße mit Bratensoße.

Dünndarm: Sind wir etwa immer noch nicht beim Dessert
angekommen?

Dickdarm: Könnten wir die Luken wenigstens für einen
kleinen Furz einen Spalt weit aufmachen?

Gewissen: Um Gottes Willen, denk doch an Oma! Wenn
die mitbekommt, dass hier gefurzt wird …

Dickdarm: Ja, aber wenn wir nicht bald für etwas
Druckverminderung sorgen, geht mein innerer
Schließmuskel in einen Streik und dann gibt's
wieder Verstopfungen!

Dünndarm: Also für Druckverminderung wäre ich auch.
Sonst kannst du die Klöße nämlich für dich
behalten, Magen!

Magen: Was soll das denn jetzt heißen? Ich bin doch mit
der Ente noch ganz überfordert! Auch ich kann
mich nicht unendlich ausdehnen!

Dünndarm: Also wenn hier nicht bald Platz gemacht wird, dann höre ich einfach auf zu verdauen!

Gehirn: Aber das geht doch nicht!

Gewissen: Arbeitsverweigerung hilft uns hier nicht weiter.

Dickdarm: Ein Furz hingegen würde helfen …

Gehirn: Ganz ausgeschlossen!

Gewissen: Denk' an Oma Herta!

Dünndarm: Die wird ebenfalls nicht begeistert sein, wenn ich den ganzen Kram einfach oben wieder rausschmeiße!

Magen: Och nö! Ich hab' doch gerade die Quarkbällchen fertig …

Gewissen: Gewalt ist keine Lösung! Kotzen auch nicht!

Dickdarm: Dann lass jetzt wenigstens einen Furz raus! Ich mach' ihn wirklich ganz unauffällig und leise.

Gewissen: Aber Mama sitzt direkt neben uns!

Dünndarm: Furzen oder Kotzen! Das ist ein Ultimatum!

Gehirn: Unverschämtheit! Auflehnung gegen die Obrigkeit! Skandal!

Dünndarm: Wer nennt sich hier Obrigkeit? Dickdarm und ich nehmen ja wohl deutlich mehr Raum ein als du!

Gewissen: Es kommt nicht immer auf die Größe an!

Prostata: Wer sagt das?

Dünndarm: Furzen oder Kotzen!

Magen: Jetzt lass ihn schon furzen, ich will den ganzen Kram nicht wieder rauspressen müssen, wo ich das gerade alles so mühevoll …

Gehirn: Schon gut! EIN Furz! Aber wirklich ganz diskret und unauffällig …

Dickdarm: Geht klar, Chef!

(erwartungsvolle Stille)

Gehirn: Die Ohren melden keine unangenehmen Geräusche, der äußere Schließmuskel hat die erfolgreiche Ablieferung des Furzes bestätigt … Warten wir auf den Statusbericht der Nase und mögliche Reaktionen der Verwandtschaft …

(gespannte Stille)

Dickdarm: Und …?

Gehirn: Die Augen melden keine missbilligenden Seitenblicke, die Nase sagt: die Luft ist rein. Scheint mir eine erfolgreiche Mission gewesen zu sein. Gratulation!

Magen: Dem Darmhirn sei Dank!

Dickdarm & Dünndarm: Sieg für die Unterdrückten!

Gewissen: Ein Glück, dass es keinen gestört hat …

Gehirn: Wieso denn ‚Unterdrückten'? Ich dachte, ihr habt an einem Überdruck gelitten …

Dünndarm: Ja, aber der Überdruck entstand ja aus den unterdrückten Impulsen des Gasablassens und so weiter. Egal … Ob nun über oder unter, Hauptsache der Druck ist weg!

Blase: Apropos Druck … Den würde ich ebenfalls gerne mal wieder ablassen!

Gehirn: Du jetzt auch noch?

Dünndarm: Nur weil wir ‚big bosses' uns hier Gerechtigkeit verschafft haben, musst du jetzt nicht nacheifern…

Blase: Aber ich zähle eindeutig zu den Unterdrückten! Ich halte die Sintflut hier seit anderthalb Stunden zurück, irgendwann ist mal Schluss!

Magen: Nicht aufmüpfig werden, bei dem bisschen Flüssigkeit! Weißt du, wie viel ich hier zu bearbeiten habe?

Nieren: Das ist doch nun alles schön durchgefiltert und sauber, Blase!

Dickdarm: Und wenn die ganze Verdauungspampe nun mal so lange in mir herumliegt, kann ich nicht mehr viel damit anfangen, außer Flüssigkeit zu entziehen …

Blase: Find' ich ja ganz toll, wie ihr euch alle um mich bemüht, aber wenn ihr schon etwas von Gerechtigkeit herumposaunt, dann sollte mir ebenso Gerechtigkeit widerfahren!

Gehirn: Aber ich kann uns doch jetzt nicht kurz vor dem Dessert auf die Toilette gehen lassen. Auf diesen Moment haben wir schließlich alle gewartet!

Dickdarm: Also falls wir auf's Klo gehen, will ich mal so richtig Dampf ablassen können.

Gehirn: Geht das schon wieder los! Seid ihr denn nie zufrieden!?

Dünndarm: Erst wenn es Gerechtigkeit für alle gibt!

Blase: Gerechtigkeit für alle!

Dickdarm: Gerechtigkeit!

Herz: "I've been looking for freedom!"

Gehirn: Du hältst dich da raus!

Herz: Och maaan …

Gehirn: Wir können hier jetzt keinen hohen Blutdruck zulassen, nur weil du erneut Party machen willst!

Gewissen: Genau, wenn der Blutdruck zu hoch steigt, macht sich Mama wieder Sorgen wegen der roten Flecken im Gesicht!

Blase: Apropos Sorgen machen … Ich will ja nicht drängeln, aber wir sollten vielleicht lieber noch vor dem Dessert etwas Druck ablassen, sonst muss sie sich bald Sorgen wegen Inkontinenz machen!

Gehirn: Kommt gar nicht in Frage! Die Augen melden gerade, dass Tante Dorthe mit der Torte hereinkommt.

Blase: Na toll, jetzt ist es zu spät, nur wegen eurer Diskussion!

Dünndarm: Wären wir von Anfang an direkt auf's Klos gegangen, hätten wir jetzt alle mehr Platz und könnten das Dessert genießen!

Magen: Soweit sich diese fettige Masse von Sahne und Zucker genießen lässt …

Dünndarm: Jaja, aber der Punkt ist doch, dass wir uns von Anfang an nicht vom Gehirn hätten vorschreiben lassen sollen, was nun ordnungskonform ist und was nicht …

Gehirn: Also ich muss ja schon sehr bitten!

Dünndarm: Mit deiner Bitte kannst du uns zum After rausrutschen! Wenn wir um Klo-Gang bitten, ist dir das ja auch egal!

Gewissen: Na, also diese Ausdrucksweise ist aber nicht sehr nett …

Dünndarm: Du hältst dich da raus!

Gewissen: Aber am Ende wird noch jemand verletzt …

Blase: Wie zum Beispiel mein Grundrecht zu pinkeln!

Dickdarm: Oder mein's zu kacken!

Magen: Oder mein Stolz, wenn ich merke, dass ich mich nicht mehr weiter ausdehnen kann …

Herz: Oder meine Gefühle!

Magen: Herz, du hast mit der ganzen Sache doch gar nichts zu tun!

Dünndarm: Genau, überlass' das Mal uns.

Gehirn: Moment mal! Was war das eben mit nicht mehr weiter ausdehnen?

Magen: Das heißt, dass ich keine Platzkapazitäten mehr habe. Ich bin voll! Und wenn der Dünndarm sich weigert, etwas Raum zu schaffen …

Dünndarm: Wie denn, wenn ich nichts an den Dickdarm weitergeben kann!?

Gehirn: Soll das heißen, das Dessert passt gar nicht mehr rein?

Blase: Das ist doch jetzt wohl ein Scherz! Erst soll ich mir wegen dieses blöden Desserts alle Pinkelreflexe verkneifen und dann können wir's nicht einmal aufnehmen?

Magen: Naja, wenn der Dünndarm kooperieren würde …

Dünndarm: Nicht, solange wir nicht kacken waren!

Magen: Siehst du? Was soll ich denn da machen?

Gewissen: Aber was wird Tante Dorthe denken, wenn wir ihre Torte verschmähen … Sicherlich wird das ihre Gefühle verletzen!

Gehirn: Okay, dann müssen wir eben irgendwie etwas Platz schaffen …

Dünndarm: Auf's Klo gehen!

Blase: Auf's Klo geh'n!

Dickdarm: Klo!

Gehirn: Schon gut, ist ja gut, dann gehen wir halt noch schnell auf's Klo … Ich sende das Signal zum Aufstehen.

Blase: Endlich!

Dünndarm: Victory! Sieg für die Unterdrückten!

Gehirn: Verdammt! Augen melden entsetzten Blick von Tante Dorthe …

Gewissen: Oh nein, sie denkt bestimmt, wir gehen wegen der Torte weg!

Gehirn: Mama signalisiert uns, sich wieder hinzusetzen!

Gewissen: Wenn wir jetzt gehen, sind sie alle gekränkt!

Gehirn: Sende Signal zum Hinsetzen!

Blase: Neeeein!

Dünndarm: Wenn wir uns jetzt setzen, sind WIR alle gekränkt!

Dickdarm: Besonders mein Schließmuskel, der hat sich schon so gefreut!

Gehirn: Wir sitzen. Dorthe lächelt!

Gewissen: Gerade noch mal gut gegangen …

Dünndarm: Gut? Gut!? Ich kotze Dorthe dein „gut" gleich vor die Füße!

Gewissen: Um Gottes Willen, das wäre eine Katastrophe!

Gehirn: Das wagst du nicht!

Dünndarm: Woll'n wir wetten?

Magen: Bitte nicht! Ich habe gerade so schön verdaut, um Platz für's Dessert zu machen …

Gewissen: Komm schon Dünndarm, jetzt gib dir einen Ruck, mach' etwas Platz und lass das Dessert rein, dann können wir danach auf's Klo!

Blase: Genau, genug diskutiert!

Gehirn: Wir haben jetzt alle so lange auf's Dessert gewartet, dann schaffen wir es wohl, noch ein bisschen länger durchzuhalten.

Dünndarm: Na, du hast gut reden! Du stehst ja nicht unter diesem Druck!

Dickdarm: Oder leidest an zurückgehaltenen Blähungen!

Blase: Oder stehst kurz vor'm Platzen …

Gewissen: Jetzt beruhigt euch doch alle mal wieder. Peace!

Gehirn: Genau, Tante Dorthe hat uns schließlich gerade ein piece äh … Stück Torte aufgetan, das können wir jetzt nicht einfach verweigern!

Dünndarm: Und wie ich das kann!

Gewissen: Das führt doch aber zu nichts! Außer zu Zankerei …

Magen: Bitte, Dünndarm! Ein bisschen Platz …?

Gehirn: Nach dem Dessert gehen wir dann direkt auf die Toilette!

Dünndarm: Sofort?

Gehirn: Naja, also …

Dünndarm: Ha, wusst' ich's doch! Heuchler!

Gewissen: Lass das Gehirn erst mal ausreden, bevor du hier urteilst.

Gehirn: Genau! Was ich sagen wollte: Wir können natürlich nicht nach dem letzten Bissen aufspringen und zum Bad stürmen …

Blase: Also stürmen schaff' ich auch echt nicht mit dem Überdruck!

Dünndarm: Okay, na gut … Aber so schnell wie möglich!

Gehirn: Im ersten passenden Moment.

Dünndarm: Hm …

Magen: Bitte?

Dünndarm: Ja, gut, ich mach' ja schon Platz! Vorsicht Dickdarm, könnte gleich etwas drücken …

Dickdarm: Och nö, Druck hab' ich genug!

Magen: Oh ja, das ist besser! Danke. Jetzt passt das Dessert rein!

Blase: Na endlich! Jetzt schnell essen und ab auf's Klo!

Magen: Nix schnell, schnell! Das ist ungesund! Es muss alles wohl gekaut sein, sonst liegen hier wieder so riesige Brocken rum, an denen ich stundenlang herumverdauen darf …

Gehirn: Keine Sorge, es wird nicht zu schnell gekaut. Hauptsache es geht hier überhaupt mal voran!

Gewissen: Damit Tante Dorthe sich freuen kann, dass es uns schmeckt.

Blase: Sieht sie das nicht viel besser, wenn wir schnell essen?

Magen: Nein, eher wenn wir langsam genießen!

Dünndarm: Ich dachte, du hast gesagt, diese fettige Sahne-Pampe könntest du eh nicht genießen …

Gehirn: Jetzt hört doch alle mal auf rumzumeckern und lasst uns in Ruhe essen, dann geht's auch angemessen schnell und um so eher kommen wir auf die Toilette!

Blase: Okay …

Dünndarm: Schon gut, kein Grund gleich rumzunerven …

Gehirn: Wer nervt denn hier rum?

Magen: IHR ALLE! Also haltet doch einfach mal die Schnauze, dann sind wir gleich soweit, klar?!!

(beleidigte Stille, kleine Schmatzgeräusche im Magen-Darm-Trakt, die Blase drückt)

Gehirn: So, das letzte Stück hat erfolgreich den Mundraum passiert, ich werde jetzt nach einem passenden Moment Ausschau halten …

Dünndarm: Lass dir bloß nicht zu viel Zeit!

Gehirn: Jaja, hab' doch noch ein bisschen Geduld …

Dünndarm: Ich gedulde mich hier seit den Klößen!

Gehirn: Jahaaa …

Blase: Und ich seit den Quarkbällchen!

Gehirn: Ja doch!

Dünndarm: Angeber …

Blase: Wer spielt sich denn hier als Oberboss auf?!

Gehirn: Okay, es ist soweit. Tante Dorthe hat sich gefreut, dass es uns so gut geschmeckt hat und wir haben uns bei Oma für den Festtagsbraten bedankt. Jetzt ist ein guter Moment!

Dickdarm: Endlich!

Blase: Die Freiheit nahet!

Dünndarm: Auf zum Klo!

Endlich auf der Toilette angekommen gab es ein Freudenfest der Gerüche und Körperflüssigkeiten.

Dickdarm: Oh ja, das tut gut!

Dünndarm: Endlich wieder Platz!

Magen: Wem sagst du das!

Blase: Diese Entspanntheit! Einfach herrlich!

Gehirn: Also die Nase meldet, dass der Duft nicht ganz so herrlich sei …

Dünndarm: Wen kümmert denn jetzt der Duft!

Dickdarm: Genau, wenn das alles so lange in mir herumliegt, fängt's schon mal an zu müffeln …

Gewissen: Ist ja auch egal. Hauptsache alle sind jetzt glücklich und zufrieden!

Gehirn: Endlich wieder Ruhe …

Kapitel 4: Jahrmarkt

Es war ein sonniger Nachmittag an einem warmen Frühsommerwochenende. Während Jacqueline mit ihren Freundinnen fröhlich über den Jahrmarkt bummelte, gab es in ihrem Körper nach der ersten halben Stunde allerdings bereits den einen oder anderen Notstand.

Gehirn: Okay, Leute. Bereitmachen zum Karussellmodus! Wir haben gerade die Fahrkarte für den Breakdancer gekauft!

Blase: Oh, äh … Könnten wir vorher noch mal schnell auf die Toilette?

Gehirn: Nein, wir begeben uns schon ins Innere des Fahrgeschäftes.

Blase: Och nö …

Magen: Stell' dich nicht so an! Wer muss denn hier die gebrannten Mandeln drinbehalten?

Gewissen: Oh je, hoffentlich kotzen wir niemanden voll …

Dünndarm: Magen, ich will dich nur schon mal vorwarnen: Hier ist ziemlich viel Luft gestaut, könnte sein, dass das bei dem Schleudern in deine Richtung gepresst wird …

Magen: Echt jetzt?

Dickdarm: Soll heißen, das könnte auch bei mir ankommen?

Gehirn: So, alle auf Position! Es geht los in drei, zwei, eins, JETZT!

Blase: Wirklich? Ich spür' noch gar nichts …

Gehirn: Na, das geht ja erst mal gemächlich los.

Blase: Ach so …

Magen: Ohhhh … So langsam merk' ich was!

Dünndarm: Hoffentlich spannt sie die Bauchmuskeln nicht noch mehr an, sonst könnte das hier zu einem ernsthaften Luftverlagerungsproblem werden …

Blase: Oh, jetzt spür' ich's auch …

Dickdarm: Heilige Scheiße! Das nenn' ich mal'ne Druckverlagerung …

Gehirn: So Leute, wir kommen jetzt gleich zum Höhepunkt!

Blase: Wie jetzt? Das war's noch nicht?

Magen: Behalt' deine Luft gefälligst bei dir, Dünndarm!

Dünndarm: Sorry, aber da kann ich gerade nichts gegen tun!

Gewissen: Nicht, dass wir am Ende noch rülpsen, das gehört sich für eine Lady nicht …

Dickdarm: Auch Ladies haben dunkle Seiten …

Blase: Nun haltet doch alle mal den Rand, ich versuch'
       mich hier zu konzentrieren!

Herz: "You better work bitch!"

Blase: Du hältst dich da raus!

Gehirn: Genau, pass' bei der Geschwindigkeit lieber auf
        den Blutdruck auf …

Herz: Wieso? Ein bisschen mehr Sauerstoff im
      Oberstübchen kann gar nicht schaden …

Blase: Ruhe!

Magen: Ist ja gut!

Dünndarm: Dramaqueen …

Gewissen: Beleidigungen helfen jetzt nicht weiter.

Gehirn: Wir kommen in die letzte Runde! Haltet durch!

Blase: Endlich!

Magen: Wird's nicht kurz vor Schluss besonders heftig?

Blase: Digga, dein Ernst?!?

Dünndarm: Von wem hast du denn diese Redensart
          aufgeschnappt?

Blase: Von deinem engen Kollegen …

Dickdarm: Von mir?

Blase: Jap, ganz genau!

Dickdarm: Ich weiß überhaupt nicht, was du meinst …
Außerdem bin ich nicht eng!

Gehirn: So jetzt geht's in den Cool-down, das Schlimmste
ist überstanden, Kollegen!

Blase: Ja, endlich! Die Erlösung nahet!

Magen: Und das ohne Rülpser!

Dünndarm: Oder Aufstoßen!

Magen: Tse, deine Luft-Abgase haben mir schon gereich.

Gehirn: Als Nächstes gibt's zur Erholung erst mal einen
Crêpe.

Magen: Ich bin doch mit den Mandeln noch gar nicht
fertig!

Gehirn: Tja, der Crêpe-Stand ist nun mal direkt nebenan
und etwas Warmes soll für den Magen ganz
beruhigend sein …

Magen: Beruhigend, ja genau. Ich nenne das eher Hektik,
wenn ich nicht mal genug Zeit habe, eine Sache
zu Ende zu verdauen!

Blase: Können wir nicht erst eine Pinkelpause einlegen?

Magen: Genau! Dann könnte ich schnell weiter die
Mandeln …

Gehirn: Zu spät. Einmal Crêpe mit Kinderriegel ist gerade in unserer Hand gelandet …

Herz: It's raining Crêpes! Halleluja!

Magen & Blase: Na toll!

Gehirn: Stellt euch nicht so an. Das ist doch wohl besser als direkt das nächste Fahrgeschäft …

Gewissen: Aber gesund ist es nicht unbedingt … Wie sich das auf unsere Figur auswirkt …

Dickdarm: Oder auf unser Verdauungsendprodukt! Wenn da nicht bald mal etwas Flüssiges nachkommt, wird das ein schmerzhafter Ausscheidungsprozess …

Blase: Etwas Flüssiges? Bist du verrückt?

Dickdarm: Vielleicht ein bisschen nach links, bei der letzten Schleuderrunde …

Blase: Nein, nicht örtlich verrückt … Ich meinte … also … äh … Was meinte ich?

Gehirn: Mit Trinken sieht's eher schlecht aus …

Blase: Wunderbar! Schlecht ist in dem Fall gut.

Gehirn: Das Bier gibt's erst hinten bei den Würsten …

Nieren: Bier? Ich bin schon genug damit beschäftigt, all diese Zuckerbomben zu entgiften! Das ist für den Säure-Basen-Haushalt nicht gerade förderlich!

Leber: Wem sagst du das, ich entgifte hier schließlich ebenfalls die ganze Zeit fleißig herum!

Nieren: Jaja, das bezweifle ich doch gar nicht.

Gehirn: So, Crêpe ist gegessen, jetzt gibt's eine kleine Toilettenpause.

Blase: Haaalleluja!

Herz: Haaalleluja! Halleluja, Halleluja, Halleeeluujaa!

Blase: Dass du aus allem immer gleich deine eigene Partyshow machen musst ... Jetzt gerade bin ich mal dran, klar?

Herz: Chillex, bro!

Blase: Ich bin nicht dein „bro"!

Herz: Chillex, sis! Alles locker!

Blase: Nix locker! Wenn ich jetzt locker lasse, dann haben wir gleich eine Überschwemmung in den Feuchtgebieten ...

Gehirn: So, wir sind auf dem Klo angekommen ...

Blase: Ja!!!

Gehirn: … allerdings ist da noch die übliche Frauen-Klo-Schlange.

Blase: Och maaan!

Gewissen: Also die Männer können da nun wirklich nichts dafür, bei denen ist alles frei!

Blase: Das waren mehrere a's, nicht n's!

Gewissen: Oh, Verzeihung …

Gehirn: So, wir sind gleich dran.

Blase: Also wenn nicht vor Überfüllung, dann platze ich bald vor Vorfreude!

Gewissen: Och nö, das gibt nur wieder eine Sauerei …

Blase: Was heißt denn hier „wieder"? Die letzte Sauerei hatten wir im Kindergarten!

Gewissen: Oh je, erinnere mich nicht daran! Der enttäuschte Blick der Kindergärtnerin …

Gehirn: So, wir sind da. Wasser Marsch!

Blase: Ach, tut das gut!

Dickdarm: Darf ich da auch direkt mal was loswerden?

Gewissen: Das hier ist eine öffentliche Toilette! Schämst du dich denn nicht?

Dickdarm: Nö, Digga, das machst du schon oft genug …

Gewissen: Tse …

Dickdarm: Also heißt das jetzt nein?

Gehirn: Ein Furz wäre wohl noch zu verkraften.

Gewissen: Aber bitte leise und dezent!

Dickdarm: Das ist meine Spezialität …

Dünndarm: Warte, ich schieb' noch kurz was nach, damit es sich richtig lohnt!

Gewissen: Na na, übertreiben woll'n wir's ja nun nicht …

Blase: Oh, diese Entspanntheit… Wundervoll!

Dünndarm: So, das war's!

Dickdarm: Furz startklar!

Gehirn: Dann mal raus damit, die Schlange wird schließlich nicht gerade kürzer …

Dickdarm: Okay, Chef! Geht klar …….. So, fertig.

Gewissen: Na, hoffentlich merkt's keiner …

Dünndarm: Oh, jetzt kommen die Mandeln hier an.

Magen: Ja, ich musste mich aus gegebenem Anlass nun dem Crêpe widmen …

Gehirn: So, sind nun alle zufrieden?

Blase: Also mir geht's umwerfend!

Magen: Na ja …

Dickdarm: Könnte leerer sein, aber immerhin ist die Luft schon mal raus!

Gehirn: Sehr schön. Dann schwelgt noch etwas in eurem Glück und wappnet euch schon mal fürs nächste Fahrgeschäft!

Magen: Jetzt schon?

Gehirn: Jap, der Booster ist gerade in Sicht gekommen.

Magen: Der Booster!!? Ist das nicht der mit den Überschlägen?

Blase: Na, der Toilette sei Dank, dass ich schon alles los bin! Das wäre sonst sehr unschön geworden …

Gehirn: Keine Sorge, es gibt eine kleine Schlange vor dem Kassenhäuschen …

Magen: Immerhin! Dünndarm, beeil' dich lieber mit den Mandeln, der Crêpe bekommt jetzt ein Turboprogramm …

Dünndarm: Diese Eile … Wie soll ich denn so vernünftige Nährstoffverwertung betreiben …

Dickdarm: Dass ihr euch so hetzen lasst …

Magen: Kann ja nicht jeder so rumchillen wie du!

Dickdarm: Rumchillen? Ich bin die ganze Zeit fleißig am Arbeiten, nur halt in einem der Genauigkeit angemessenen Tempo …

Gehirn: So, jetzt haben wir die Fahrkarte gekauft.

Magen: Oh je … Crêpe ade ….

Gewissen: Was soll das denn heißen? Ich dachte, wir hätten geklärt, dass sich Rückwärtsverdauung für Damen nicht gehört!

Magen: Aber wie soll ich das bei all den Überschlägen und Drehungen denn drin behalten?

Dünndarm: Sieh's doch mal positiv: Immerhin kommt von mir nun keine Luft mehr hinzu …

Magen: Jaja, höchsten gebrannte Mandeln …

Dünndarm: Ich muss schon sehr bitten! Vertrau' mir mal!

Magen: Schon gut, ich werde mir Mühe geben …

Gehirn: Alles startbereit machen, gleich geht's los!

Herz: Und ich war gerade wieder im Ruhemodus angekommen …

Blase: "You better work bitch!"

Herz: Na, nun werd' mal nicht gleich übermütig, nur weil du jetzt keinen Druck mehr hast …

Gehirn: Es geht los in drei, zwei, eins …

41

Magen: Neeein!

Blase: Stell' dich nicht so an, es geht ja erst langsam los!

Magen: Du hast gut reden! Wer hat denn vorhin die ganze Zeit rumgejault!?

Gewissen: Peace, Leute, Frieden! Immer mit der Ruhe!

Magen: Mit Ruhe hätte ich kein Problem, eher mit … Oh … es geht los … oh je … eher DAMIT!

Blase: "Every little thing … is gonna be …"

Magen: Shut up!

Blase: Spaßbremse …

Magen: Ach, Bremse wäre jetzt schön …

Gehirn: Festhalten, nun geht's richtig los!

Magen: Schon?

Dickdarm: Oh shit, jetzt beginnen die Überschläge …

Magen: Ahhhhrrg!

Dünndarm: Wo ist noch mal oben?

Blase: Äh … Also ich bin glaube ich gerade waagerecht … Ne, jetzt nicht mehr … oder!?

Magen: Hiiilfeee!

Dünndarm: Also du bist jedenfalls nicht sehr hilfreich, Kumpel!

Herz: „I believe I can fly!"

Dünndarm: Wann sind wir denn fertig?

Magen: Hoooffentliiich baaald!

Gehirn: Es geht gerade in die dritte Runde …

Dünndarm: Ist das die Letzte?

Gehirn: Das ist nicht genau definiert …

Magen: Na toll … Aaarrrg!

Blase: Jaja, wir haben's gehört!

Dünndarm: Oh man, diese Mandeln sind echt kratzig …

Magen: Wo ist der Ausgang? Ich kann nicht mehr!

Gewissen: Durchhalten! Denk' doch an die Mitfahrenden!

Magen: Das ist mir alles egal!

Gehirn: Komm' runter, es wird schon langsamer …

Magen: Mir ist schlecht … Kinderschokolade überall, so eine Sauerei …

Dünndarm: Na, das klingt ja vielversprechend … Ich freu' mich schon …

Dickdarm: Sag mal, Dünndarm, ist die Scheiße jetzt bei dir angekommen?

Dünndarm: Nö, nichts in Sichtweite ….

Dickdarm: Na gut, dann frag' ich mal den Schließmuskel …

Magen: Bitte sagt, dass es vorbei ist …

Gehirn: Wir halten gleich an, du hast das Gröbste überstanden!

Magen: Dem Himmel sei Dank! Wo liegt der jetzt überhaupt?

Dünndarm: Das wüsste ich auch gerne …

Gehirn: So, kurz Ruhe bitte, wir steigen gleich aus und bei dem ganzen Geschleuder müssen wir aufpassen, dass wir vor Schwindel nicht hinfallen.

(kurze Ruhepause)

Dickdarm: Könnten wir denn mal etwas Scheiße loswerden?

Gewissen: Ähm, darf ich dich an die ÖFFENTLICHEN Toiletten erinnern?

Dickdarm: Hast du zwar eh schon, aber die Antwort wäre sonst NEIN!

Gewissen: Wie unhöflich …

Gehirn: Toiletten gibt's jetzt nicht, dafür mal etwas zu trinken, für mehr Geschmeidigkeit im Nahrungsbrei.

Nieren: Bier?

Blase: Trinken!?

Gehirn: Jap, beides richtig.

Nieren & Blase: Och nööö …

Leber: Stell' dich nicht so an, den Hauptteil der Entgiftung übernehme schließlich ich!

Magen: Ich soll hier jetzt ernsthaft Bier durchschleusen? Ich bin so schon überfordert!

Blase: Jammerlappen.

Magen: Selber!

Gewissen: Geht das schon wieder los …

Gehirn: So, ein Bier und eine Bratwurst wurden soeben bestellt.

Magen: Bratwurst!? Moooment mal, jetzt ist aber endgültig Schluss!

Blase: Nun mecker doch nicht ständig rum …

Magen: Halt, Stopp, jetzt rede ich! Also Bier, okay. Ist schließlich nicht mein Entgiftungsproblem …

Leber: Na, danke!

Magen: … aber Bratwurst!!? Habt ihr den Arsch offen!?

Dickdarm: Ne, zum Glück nicht, das wäre momentan kein großes Vergnügen …

Magen: Das ist nicht witzig! Crêpe ist an sich ja schon nicht der reinste Verdauungsspaß, aber Kinderschokolade macht das Ganze zur unnötigen Zuckerbombe …

Niere: Seufz. Säure, Säure …

Magen: … und wenn das zu allem Überfluss sogar durchgeschleudert wurde, ist es wirklich kein Vergnügen! Nun soll obendrein Fleisch dazu kommen?? Geht's noch?

Gehirn: Ist doch nur eine kleine Bratwurst …

Magen: Weißt du eigentlich, wie lange es dauert, so ein Stück Fleisch zu verdauen!?

Gehirn: Ja, das dauert ungefähr drei bis sechs Stun…

Magen: Das war eine rhetorische Frage!

Gehirn: Ach so …

Dickdarm: Also Mandeln, Crêpe, Bratwurst … Ob da *ein* Bier wirklich hilft, um das Ganze geschmeidig zu machen …?

Blase: Was soll das denn jetzt heißen?

Leber: Du kriegst wohl nie genug!

Dickdarm: Wasser wäre gut, nur ist das hier scheinbar Mangelware …

Magen: Ähm, könnten wir vielleicht wieder zum Hauptproblem kommen?

Gehirn: Problem?

Magen: BRATWURST!!!

Gehirn: Ach so, das … Tja, ist schon bezahlt, da müssen wir jetzt durch.

Magen: Jaja, von wegen „wir"! Du sitzt ja schön da oben in deinem Thronsaal, während wir hier unten malochen dürfen …

Gewissen: Wir wollen jetzt nicht gleich beleidigend werden.

Magen: Du nicht, ich schon!

Gehirn: Hier kommt erst mal das Bier.

Magen & Blase & Leber & Nieren: Och neee …

Herz: Jammerlappen …

Magen: Klappe halten!

Herz: Wie soll das denn gehen? Soll ich etwa den Blutfluss unterbrechen?

Magen: Doch nicht deine Herzklappen, das war nur ein Sprichwort!

Herz: Ach so …

Gehirn: Und hier die Bratwurst.

Magen: Ich könnte kotzen!

Gewissen: Belassen wir's beim Konjunktiv …

Dünndarm: Da muss ich mich mit den Mandeln wohl mal ranhalten …

Magen: Aber hallo, hier kommt schon bald der Crêpe.

Dickdarm: Immer diese Hektiker …

Magen: Du hast gut Reden, bei dir ist ja viel Platz zum Zwischenlagern!

Dickdarm: Dehn' dich doch einfach etwas aus …

Magen: Was glaubst du denn, was ich hier seit dem Crêpe mache? Aber selbst mit Ausdehnen verdaut sich das Fleisch leider nicht schneller …

Dünndarm: Hör' auf zu meckern, wir haben's damit schließlich auch nicht leichter!

Magen: Wieso denn aufhören? Meckert doch einfach mit!

Gewissen: Also damit ist nun wirklich keinem geholfen …

Gehirn: So, Bratwurst aufgegessen, Bier ebenfalls leer …

Blase: Ich hingegen bald wieder voll.

Magen: Und ich erst!

Gehirn: Dafür sieht's so aus, als würden wir uns nun gleich
auf den Heimweg machen, ihr könnt' also
langsam entspannen.

Magen: Das soll wohl ein Scherz sein!

Blase: Wenn ich entspanne, kommt das ganze Bier sofort
unten wieder raus!

Dickdarm: Und bei mir erst!

Gehirn: Ja, okay. Schon gut. Nicht gleich aufregen, war
blöd formuliert! Also noch mal: Dann könnt ihr
jetzt so langsam zur Ruhe kommen.

Magen: Ruhe klingt schon viel besser, auch wenn es in den
nächsten Fleischverdauungsrunden nicht ganz so
ruhig werden wird …

Dünndarm: Erinnere mich bloß nicht daran!

Gehirn: Ihr seid aber auch nie zufrieden …

Kapitel 5: Liebeskummer-Frustessen

<u>Körper der Frau</u>

Herz: „My heart will go on …"

Magen: Rampensau! Immer nur an sich selber denken … Dramaqueen!

Herz: Blöde Zicke!

Magen: Selber doof!

Herz: Aber wenn ich doch nun mal gebrochen bin … Wer weiß, vielleicht liege ich sogar im Sterben …

Gehirn: Es ist anatomisch nicht korrekt, den Ausdruck „gebrochen" zu verwenden …

Herz: Tse! Was weißt du denn schon … Gefühlt ist es auf jeden Fall korrekt … „It's getting colder now …"

Magen: Also, da kann ich dir tatsächlich mal zustimmen. Ist wirklich'ne eisige Stimmung hier! Wer ist überhaupt auf die blöde Idee gekommen, diesen Riesenbottich Schokoeiscreme zu kaufen?

Gehirn: Die ist nun mal mit dem Belohnungszentrum verknüpft und sie war im Angebot …

Herz: „It's getting …"

Magen: Ist ja gut, wir merken's doch alle! Brauchst es mir nicht noch vorjammern!

Dünndarm: Apropos Jammern: Ist das wirklich so kalt?
Wenn's hier ankommt, ist es eigentlich gar nicht
so schlimm …

Magen: Jaaa, da habe ich aber schon jede Menge
gefeuert, damit's etwas verdaulicher wird. Was
das alles an Energie kostet, du glaubst es nicht …

Herz: I don't give a shit!

Magen: Ach, sind wir jetzt bei der Du-bist-mir-egal-Phase
angelangt?

Herz: Ja, ich habe keinen Bock mehr auf Herumleiden.
Gebrochen sein tut doch eh nur weh, also warum
nicht mit dem Heilungsprozess beginnen?!

Magen: Wenn's dann jetzt mit dem Frustessen wenigstens
vorbei wäre …

Gehirn: Sieht schlecht aus, die Augen melden, dass der
Bottich noch zu einem Drittel voll ist.

Magen: Ein Drittel? Dein Ernst?

Gehirn: Das Humor-Zentrum wird gerade von
Trennungsschmerz blockiert.

Magen: Aber ich bin schon halb erfroren! Können wir
nicht dem Herzen folgen und mit dem
Heilungsprozess anfangen?

Gehirn: Vernunftsignale werden ebenfalls blockiert …

Magen: Okay, aber es gibt trotzdem heiße Unvernunft, zum Beispiel eine heiße Schokolade mit Keksen oder ein heißes Bad mit einem leckeren Cocktail!

Gehirn: Baden ist nicht drin, wir haben heute Morgen erst geduscht.

Magen: Na und?

Gewissen: Das ist sonst schlecht für die Haut!

Magen: Ist ja gut! Aber gegen eine heiße Schokolade ist doch nichts einzuwenden …

Gewissen: Mal abgesehen davon, dass es ungesund ist!

Magen: Ja, aber darum geht's ja gerade, denn immer nur eiskalt ist ebenso ungesund!

Dünndarm: Also ein bisschen Obst wäre ganz nett …

Magen: Sag ich doch, ein Cocktail mit ein paar netten Früchten oben drauf, gemütlich in der Badewanne …

Gehirn: Badewanne ist ausgeschlossen!

Leber: Und auf Alkohol habe ich gerade keine Lust, ich habe mit dem ganzen Frustessen genug zu entgiften!

Magen: Ihr seid alle Spaßverderber …

Herz: Hallo!? Wir haben gerade Liebeskummer! Das ist keine Zeit zum Spaß haben!

Magen: Würde uns aber auf andere Gedanken bringen …

Gehirn: Oh ja, das wäre allerdings tatsächlich angenehm! Das Langzeitgedächtnis spült die ganze Zeit eine Dauerschleife von deprimierenden Liebeserinnerungen hoch … Das nervt langsam.

Herz: Ha! Wem sagst du das. Ein ständiges Gefühlsmeer von Verrat und Trauer ist ebenso nicht das Wahre!

Magen: Okay, also wollen wir alle gerne eine Veränderung: Ich mal etwas Wärme zur Abwechslung, du, Herz, bestimmt ebenfalls …

Herz: Jaaa, warme Gefühle wären toll!

Magen: … und du, Gehirn, etwas fröhlichere Gedanken.

Gehirn: Das wäre wundervoll!

Magen: Na, dann lasst uns etwas ändern! Wir schicken sie einfach mit ihren Freundinnen zusammen ins Kino. Da gibt's warme Nachos, anfeuernde scharfe Soße und der Film bringt bestimmt mal wieder etwas Erhellung in die Gefühls- und Gedankenwelt!

Herz: Tolle Idee! Am besten eine Komödie!

Gehirn: Ja, ich erinnere mich an einen Trailer, den wir letztens gesehen haben. Der sah vielversprechend aus.

Magen: Dann nichts wie los!

Gehirn: Ich lasse sie Nancy und Melanie anrufen. Die beiden haben einen guten Humor.

Herz: Yeah, bitches! Let's go!

Körper des (pubertären) Mannes

Dünndarm: Ey, Digga, Magen! Kommen da noch viele Pommes? Wenn das so weitergeht, krieg' ich bald 'ne Fettallergie …

Dickdarm: Nicht wenn ich's verhindern kann. Allergien sind viel zu unangenehm!

Magen: Wen nennst du hier Digga, Digga? Du bist viel größer als ich!

Dünndarm: Man, das is' doch nur so'n Spruch, Alter!

Magen: Alt bin ich auch nicht!

Dünndarm: Ja, was is' denn nu' mit den Pommes?

Magen: Da kommt noch so einiges, Burger ebenfalls …

Dünndarm: Och nö, Digga, nich' dieser Plastikscheiß. Man sollte diese Fast-Food-Ketten verklagen, Digga.

Dickdarm: Echt mal, Alter, das was bei mir davon ankommt, ist schon beinahe chemischer Abfall! Da wäre eine Allergie fast angemessen. Oder wenigstens eine Unverträglichkeit …

Leber: Frag' mich mal, Kumpel, ich muss den Müll ja entgiften …

Nieren: Ist echt kein toller Job in so einer Zeit!

Herz: Die blöde Zicke war aber selber dran schuld, wir sollten froh sein, dass wir sie los sind!

Gehirn: In solch einer Zeit des Verlustes ist es nicht unbedingt angebracht froh zu sein.

Gewissen: Eigentlich war sie ja echt hübsch …

Herz: Und blasen konnte die, da war bei mir immer richtig Ramba Zamba! „Party all the time …"

Magen: Und das, was sie gekocht hat, war auch besser als dieser Fraß hier, Digga!

Gewissen: Na toll, jetzt vermissen wir sie wieder …

Herz: Wir sollten unseren Kummer in Alkohol ertränken!

Leber: Och ne, Alter, kein Frust-Saufen …

Gehirn: Dann bin ich am nächsten Tag immer so matschig.

Nieren: Ein bisschen Flüssigkeitszufuhr wäre allerdings gar nicht so schlecht.

Herz: Sag' ich doch! Saufen, Party machen!

Gehirn: Hätte natürlich sein Gutes, wenn er mal aufhören würde, an sie zu denken …

Blase: Dann muss ich aber so oft …

Herz: Ein bisschen was Negatives ist halt immer dabei.

Gehirn: Na gut, ich rufe Mark und Leon an. Und Tim ist
heute Abend sowieso in der Bar, dann gibt's
vielleicht sogar Freigetränke …

Herz: Geile Sache, Digga!

Magen: Immerhin mal eine Abwechslung zum Fastfood …

Leber: Mit dem ganzen Zeug haben wir auf jeden Fall eine
gute Grundlage geschaffen …

Herz: Yo, Bro! Let's party!!

Kapitel 6: Einkaufen mit leerem Magen

<u>Körper der Frau</u>

Magen: Ey, Gehirn, schick' doch mal ein paar Infos, was es so an Essensauswahl gibt!

Gehirn: Also wir stehen gerade vor dem Tiefkühlregal und es gibt Fruchtjoghurt, fettarmen Joghurt, laktosefreien Joghurt, Vanillejoghurt, Joghurt pur, Ziegenjoghurt, Joghurt mit Schokostückchen, Vanille- und Schokopudding, …

Magen: Klingt super, lass mal alles mitnehmen!

Gehirn: Wie bitte?

Gewissen: Das geht nicht! Denk doch an unsere Figur …

Magen: Wen interessiert denn das schon!? Ich habe Hunger!

Nieren: Typisch Ego-Tusse … Also ich hätte lieber mal etwas zu trinken, vielleicht einen schönen Säure-Basen-Tee oder so etwas in der Art …

Gehirn: Den gibt's hier eher nicht … Wir gehen mal in die Getränkeabteilung.

Magen: Moment mal, wir haben noch keinen Joghurt!

Gewissen: Milch ist sowieso eher ungesund.

Magen: Ach, halt du dich doch raus mit deinem
Gesundheitsgelaber!

Gewissen: Ich muss schon sehr bitten! Das ist kein
Gelaber! Das ist alles hochfundiertes Fachwissen
und äußerst wichtig für eine ausgewogene
Ernährung und gute Gesundheit!

Magen: Bla bla … Was gibt's zu essen?

Gehirn: Hier jetzt gerade nichts, eher Getränke. Wir
hätten da verschiedene Sorten von Wasser,
Fruchtsäfte, Fruchtsaftkonzentrat, Eistee, …

Magen: Wen interessiert denn das??

Nieren: Mich zum Beispiel! Gibt's auch einfach Tee?

Gehirn: Hier nicht.

Nieren: Dann Wasser ohne Kohlensäure und einen Multi-
Vitamin-Saft.

Gehirn: Geht klar.

Magen: Toll gemacht, könnten wir dann bitte wieder zum
interessanten Teil fortschreiten?

Gehirn: Der da wäre?

Magen: Lebensmittelregale!!

Dickdarm: Also ich hätte gerne ein paar Nährstoffe fürs
Immunsystem! Jetzt wo's langsam auf den

Winter zugeht … Vielleicht etwas Obst und
Gemüse …

Magen: Egal, Hauptsache Essen!

Gehirn: Jaja, immer mit der Ruhe. Zuerst Obst und
Gemüse … Hm … Wir hätten da zum Beispiel
gerade Kürbis im Angebot.

Dünndarm: Klingt nicht schlecht …

Magen: Essen!

Gehirn: Ansonsten gibt's hier noch Brokkoli, Feldsalat,
Steckrüben, …

Magen: Oh ja, Steckrübeneintopf!

Gehirn: Okay, dann brauchen wir noch Karotten,
Zwiebeln, Kartoffeln …

Magen: Essen, Essen!

Gehirn: Ist ja gut, es gibt Zuhause bald etwas zu essen.

Magen: Aber das dauert noch so lange …

Herz: Heulsuse.

Magen: Blöde Kuh!

Gewissen: Streit ist auch keine Lösung …

Dickdarm: Was gibt's denn da so an Obst?

Gehirn: Wir haben bisher Äpfel und Birnen eingepackt.
Hier wären sonst noch Kiwis …

Dickdarm: Jaaaa!! Die sind super fürs Immunsystem!

Gehirn: Okay, okay. Dann wären hier noch Bananen …

Magen: Ja! Ja!

Gehirn: … Orangen …

Magen & Dünndarm: Ja!

Gehirn: … und Mango.

Magen: Wir nehmen alles!

Dickdarm: Da kann ich dir ausnahmsweise mal zustimmen.

Gehirn: Klingt nach einem Großeinkauf. Mal sehen, was
der Geldbeutel so hergibt …

Dünndarm: Wie wäre es noch mit Nüssen?

Magen: Oder Reis oder Nudeln oder …

Gehirn: Nun aber mal langsam! Nüsse sind in Ordnung.
Hier wären Walnüsse, Haselnüsse, Mandeln,
Cashewkerne, …

Magen: Alles, alles!

Dünndarm: Ja, bin ich auch dafür. Besonders
Cashewkerne, die haben schön viel Magnesium.

Gewissen: Also ich habe gehört, dass Cashews sehr
ungesund sind. Sie enthalten nämlich
Neurotoxine und sind deshalb giftig für …

Dünndarm: Neuro… Was?

Herz: Oh ja, Nüsse! Die sollen für mich durchaus gesund
sein, habe ich gehört.

Gewissen: Bis auf die Cashewkerne!

Gehirn: Die eigentlich keine Nüsse sind.

Herz: Klingt irgendwie kompliziert …

Gehirn: Das ist doch ganz einfach …

Magen: Hauptsache viel!

Gewissen: Eigentlich sind Nüsse eher in Maßen gesund,
nicht in Massen …

Magen: Wie auch immer! Jetzt noch Reis und …

Gehirn: Wir haben bereits eine Tüte Reis Zuhause.

Magen: *Eine* Tüte? Das soll reichen??

Gehirn: Also für die nächsten drei Mahlzeiten bestimmt.

Magen: Ha! Das wollen wir ja mal sehen … Dann
wenigstens Nudeln?

Gehirn: Na gut, meinetwegen …

Magen: Ja! Nudeln, Nudeln, Nudeln!

Gehirn: Hier gibt's Kamut-Nudeln, Dinkelnudeln, …

Dünndarm: Och nö, die Dinkelnudeln waren nicht so der Bringer…

Gehirn: … Reisnudeln …

Dünndarm: Das klingt schon besser!

Magen: Wir nehmen sie alle!

Dünndarm: Ähm, hast du mir nicht zugehört? Ich sagte gerade, dass Dinkel uns nicht so gut bekommt.

Magen: Ach was, Hauptsache …

Dünndarm: Jaja, Essen. Wir haben's alle mitbekommen.

Gehirn: Okay, dann nehmen wir die Reis- und Kamut-Nudeln.

Magen: Also wenn wir Nudeln kaufen, brauchen wir aber auch passierte Tomaten für die Soße. Und vielleicht etwas Sahne …

Gewissen: Hatte ich schon erwähnt, dass Milchprodukte ungesund sind …?

Magen: Gut, dann halt Hackfleisch!

Gewissen: Das Verzehren der Leichen anderer Lebewesen ist sehr verwerflich!

Gehirn: Wir hatten uns einvernehmlich für eine vegetarische Ernährungsweise entschieden …

Magen: Schon gut, ihr Spaßbremsen! Dann wenigstens passierte Tomaten?

Gehirn: Ja, ist eingepackt. Wir haben zudem noch Champignons und Zucchini Zuhause, damit können wir die Soße machen.

Magen: Jaaa! Soße! Nudeln! Essen!

Gehirn: Schon gut, es geht ja bereits zur Kasse…

Magen: Oh, an der Kasse ist doch das Regal mit den Süßigkeiten!

Gehirn: Das habe ich jetzt mal geflissentlich übersehen …

Magen: Och, so ein bisschen Schokolade kann ja wohl nicht schaden …

Gewissen: Oh doch und nicht nur unserer Figur, sondern auch der Gesundheit. Allein all dieser raffinierte Zucker …

Dünndarm: Komm mir bloß nicht damit, vor dem Winter ist Immunisierung angesagt, nicht vollfressen!

Magen: Aber Winterspeck ist doch wichtig …

Gehirn: Dafür gibt es heutzutage Wintermäntel. Dann kann wenigstens die Figur gewahrt werden …

Magen: Nicht mal ein bisschen Schokolade?

Gehirn: Nein, wir sind nun sowieso schon beim Bezahlen.

Magen: Schade …

Gehirn: Dafür geht's jetzt nach Hause und dort gibt es
dann Mittagessen.

Magen: Jaaaaa!!!

Körper des Mannes

Gehirn: Shit, jetzt habe ich vergessen, was wir für das Abendessen mitbringen sollten …

Magen: Kaufen wir doch einfach von allem etwas!

Gehirn: Unsinn, sie wollte irgendwas Bestimmtes … Was war das denn noch …? Olivenöl? Oder ganze Oliven? Oder Knoblauch?

Magen: Nehmen wir alles mit!

Gehirn: Nun sei doch mal still! Wie soll ich mich denn konzentrieren, wenn das Arbeitsgedächtnis die ganze Zeit mit nutzlosen Reizen überflutet wird?! Die Einkaufsliste war sowieso schon nicht besonders fest verknüpft …

Nieren: Also Trinken brauchen wir auf jeden Fall!

Gehirn: Ach ja, Bernd wollte morgen Abend vorbeikommen. Da sollten wir lieber mal einen Kasten Bier mitnehmen …

Leber: Oh, ich dachte jetzt eher an Wasser …

Nieren: Alter Langweiler!

Leber: Also nur, weil ich hier die Hauptentgiftungsarbeit mache …

Nieren: Jaja … Apropos: Wir hatten in letzter Zeit viel Säure, vielleicht könnten wir ja mal wieder etwas Basisches …

Gehirn: Okay, Moment. Also einen Kasten Bier, ein Kasten Wasser…

Magen: Könnten wir zum Essen fortschreiten??

Nieren: Besonders zum Basischen?

Gehirn: Jaja, gleich! So, jetzt noch ein Frucht-Smoothie, damit sie nicht so sauer ist, dass ich vergessen habe, was ich eigentlich mitbringen sollte …

Magen: Essen!

Gehirn: Schon gut … Wir nehmen vorsichtshalber mal Oliven mit, Knoblauch kann ebenfalls nicht schaden …

Magen: Ich dachte da eher an etwas Deftiges!

Gehirn: Wie wäre es mit Kartoffeln, Nudeln und Steak?

Magen: Jaaaaa, das klingt doch schon viel besser!

Gewissen: Also Fleisch …

Magen: Jetzt komm' mir nicht wieder mit dem Vegetarier-Unsinn!

Gewissen: Das ist kein Unsinn! Thorben ist jetzt auch Vegetarier! Und Viktor ist sogar Veganer, dem geht's nun gesundheitlich viel besser …

Magen: Wie auch immer, lass mal einfach alles mitnehmen!

Gehirn: Wir haben jetzt Kartoffeln und Nudeln mitgenommen, Steak gibt's ein andermal.

Magen: Och maaaan …

Gehirn: Gut, was könnten wir sonst noch brauchen?

Gewissen: Wie wäre es mit Gemüse?

Gehirn: Ach ja, genau … Hm, was haben wir denn da … öhm … Paprika?

Dickdarm: Oh ja! Vitamin C ist gut fürs Immunsystem!

Gehirn: Super, dann hätten wir wohl alles …

Magen: Das ist es schon?

Gehirn: Ja was denn noch?

Magen: Wie wäre es mit Kartoffelsalat oder Buttermilch oder Ofenkäse …

Gewissen: Hat sie uns nicht letztens noch erklärt, dass Milchprodukte ungesund seien?

Magen: Noch sind wir keine Veganer! Und das soll auch so bleiben!

Gehirn: Kartoffelsalat kann als Beilage wohl nicht schaden.

Magen: Ha!

Gehirn: Dann reicht's nun aber! Sonst kommen wir noch zu spät zum Abendessen …

Gewissen: Das geht natürlich gar nicht!

Magen: Abendessen! Essen! Ja! Nichts wie nach Hause!

Kapitel 7: Männerabend

<u>Körper von Klaus</u>

Leber: Sind wir schon im Haus?

Geist: Ja, wir haben gerade die hölzerne Wohnungstür
       passiert und befinden uns jetzt in einem – nach
       Pizza riechenden – Wohnzimmer.

Leber: Und hat Dieter uns schon gefragt, was wir trinken
       wollen?

Geist: Nein, wir haben uns bisher nur begrüßt und machen
       selbiges nun mit Thorben.

Magen: Das ist doch der Vegetarier oder?

Verstand: Woher weißt du das denn?

Magen: Hat er uns doch letztens auf einer Party erzählt,
       als er betrunken war.

Verstand: Oh ja, ich erinnere mich …

Gewissen: Jetzt fang aber bloß nicht wieder mit deinen
       Gemeinheiten an …

Magen: Wieso denn Gemeinheiten? Es ist ja wohl
       allgemein bekannt, dass vegetarische Männer
       keine richtigen Männer sind. Ein echter Mann isst
       Fleisch!

Verstand: Die neuesten Studien zeigen, dass es durchaus gesund ist, vegetarisch zu leben, solange man auf eine ausgewogene Ernährung mit genügend Zufuhr an Eisen und Vitamin B12 achtet …

Magen: Ach sei doch still! Die neuesten Studien … Was wissen die denn schon!??

Leber: Sind wir nun fertig mit begrüßen?

Geist: Nein, Viktor ist gerade noch dazugekommen.

Magen: Viktor? Der Veganer? Sind Dieter und ich denn nur von Irren umgeben?

Gewissen: Das ist nun wirklich nicht nett …

Verstand: Es wurden keine gefährlichen Anzeichen für Wahnsinn im Raum entdeckt.

Magen: Ach hör doch auf!

Verstand: Woher weißt du überhaupt, dass Viktor vegan ist? Der war doch gar nicht auf der Party …

Magen: Nein, aber seine Frau hat es ausgeplaudert.

Verstand: Stimmt. Ich sollte wohl mal wieder etwas mehr Folsäure anordnen. Das Erinnerungsvermögen lässt zu wünschen übrig …

Leber: Du solltest dich wirklich nicht über Andere lustig machen, Magen!

Magen: Ich mache mich nicht lustig, ich finde es nur unmännlich kein Fleisch zu essen. Wir Männer sind von Natur aus Jäger, da ist es nur normal, wenn wir …

Leber: Aber für *andere* Männer ist es eben natürlich, sich auf pflanzlicher Basis zu ernähren! Männer sind schließlich auch Sammler! Du solltest wirklich mehr Toleranz zeigen!

Magen: Das musst du gerade sagen. Wer hat denn hier die verminderte Alkoholtoleranz? Und ich soll MEHR Toleranz zeigen? Also ich bin Fleisch gegenüber sehr tolerant!

Gewissen: Streit ist doch keine Lösung, Jungs …

Leber: Das ist nicht fair! Wir haben Sabine versprochen, keinen Alkohol mehr zu trinken, weil es unserem Kreislauf einfach nicht gut tat und da ist es ganz natürlich, dass … dass …

Verstand: … dass die Alkoholtoleranz nach einer Weile der Abstinenz herabgesenkt wird.

Leber: Genau! Danke, bro!

Verstand: Don't mention it …

Magen: Oh, jetzt fühlt ihr euch wohl ganz schlau, was? Einen auf gebildete Briten machen oder wie??

Gewissen: Sei doch nicht gleich so beleidigend …

Magen: Du hältst dich da raus, das hier ist Männersache!

Gewissen: Hey, Moment mal! Ich bin ein männliches Gewissen!

Magen: Gewissensbisse sind Weiberkram!!

Gewissen: Jetzt gehst du aber zu weit!

Geist: Nun hat er uns gefragt, was wir trinken wollen!

Leber: Oh shit!

Verstand: Okay, wir haben einen Blamage-Alarm. Alle ruhig bleiben. Ich habe bereits die Lage analysiert und eine Lösung gefunden.

Leber: Wirklich?

Verstand: Natürlich, dafür bin ich doch da. Also, wir werden jetzt einfach wie die Anderen ein Bier nehmen …

Gewissen: Aber wir haben Sabine versprochen …

Verstand: Ruhe! Alles hört auf mein Kommando! Wir werden ein Bier nehmen und dann im Laufe des Abends einfach so tun, als würden wir trinken. Und in unbeobachteten Momentan kippen wir immer ein paar Schlucke in die Topfpflanze neben dem Sofa.

Leber: Genial!

Verstand: Ich weiß. Also dann mal los!

Geist: Geht klar.

Magen: Weichei …

Leber: Meinst du etwa mich?

Magen: Wen denn sonst? Nur wegen dir wird hier
schließlich so ein Theater veranstaltet…

Leber: Nein, weil wir es Sabine versprochen haben!

Gewissen: Und Versprechen müssen gehalten werden!

Magen: Wie auch immer, Hauptsache es gibt bald etwas
zu Essen …

Körper von Thorben

Magen: Sind wir schon beim Essensthema angekommen?

Geist: Nein, wir haben gerade erst unser Bier gekriegt.

Leber: Zum Abbau wäre ein bisschen Fett aber ganz
nützlich …

Nieren: Und nicht das Trinken – also Wasser meine ich –
vergessen, sonst gibt's morgen noch einen Kater!

Gewissen: Oh, das wäre gar nicht gut! Wir müssen
schließlich die Kinder zum Geburtstag fahren …

Verstand: Keine Sorge. Die nötige Wasserzufuhr wurde bereits im Voraus berechnet und wird irgendwie organisiert werden.

Magen: Prima und was ist mit dem Essensproblem?

Verstand: Bisher gibt es noch keine Anzeichen für Gefahr.

Geist: Stimmt, wir sitzen erstmal sicher auf dem Sofa mit einem Bier in der Hand.

Magen: Ja, aber was sollen wir denn sagen, wenn die Pizza fertig ist?

Verstand: Es besteht die Möglichkeit, dass Dieter daran gedacht hat, eine ohne Fleisch zu machen ... Die Wahrscheinlichkeit hierfür liegt allerdings bei maximal 40% ...

Magen: Na großartig. Und wenn's nur Fleisch gibt? Vielleicht sagen wir einfach, dass wir gar keinen Hunger haben ...

Leber: Aber wir brauchen doch eine Grundlage, bei all dem Alkohol der noch parat steht!

Geist: Es gibt Chips auf dem Tisch.

Leber: Na gut, das geht wohl auch ...

Magen: Tolle Idee! Wir futtern uns mit Chips voll und dann versteht jeder, dass wir keinen Hunger mehr auf Pizza haben!

Gewissen: Aber wir können den Anderen nicht alle Chips wegessen!

Geist: Es gibt durchaus mehrere Schüsseln …

Magen: Großartig!

Verstand: Der Plan klingt gar nicht so schlecht, ein paar Chips können auf jeden Fall nicht schaden … Wir sollten uns allerdings beeilen, damit es wirklich überzeugend wirkt …

Geist: Zu spät – ich rieche intensiven Pizzageruch! Scheint, als hätte Dieter den Ofen gerade geöffnet.

Magen: Oh nein, wir haben noch keine Chips gegessen.

Verstand: Es besteht die Chance, dass es vegetarische Pizza gibt!

Geist: Ja, die Pizza ist fertig. Dieter fragt gerade, wer alles ein Stück will …

Magen: Was sollen wir nur tun? Am besten, wir melden uns einfach nicht …

Gewissen: Es wäre aber unhöflich, gar nichts zu essen …

Magen: Wir essen ja Chips!

Geist: Ich schaue mal, ob ich etwas ohne Fleisch entdecken kann …

Körper von Viktor

Gewissen: Dieser Männerabend war ein einziger Fehler …

Magen: Ich habe Hunger!

Leber: Hat das Bier nicht vielleicht doch ein Siegel, dass es vegan ist?

Geist: Ich schau noch mal nach …

Verstand: Es gibt hier einfach zu viele Gefahrenquellen für Blamagen. Gut, dass Klaus uns auf die Idee gebracht hat, einfach ein Bier zu nehmen, aber nicht zu trinken.

Geist: Er hält seines ebenfalls noch unberührt in der Hand.

Leber: Ob er wohl weiß, dass wir ihn erwischt haben?

Magen: Ich habe Hunger!

Geist: Die Pizza ist gerade fertig, aber sie sieht ganz und gar nicht vegan aus …

Verstand: Wir haben ja auch noch niemandem erzählt, dass wir Veganer sind. Außer Dieter, aber da waren wir beide betrunken. Wer weiß, ob er sich daran erinnern kann …

Geist: Vielleicht schon, zumindest hat das Bier tatsächlich ein Vegan-Siegel.

Leber: Wirklich? Ich hätte schon mal wieder Lust auf ein gutes Bier …

Nieren: Flüssigkeitszufuhr wird dringend erwünscht! Aber durch Bier muss ich immer so viel arbeiten … Vielleicht lieber Wasser …

Geist: Wasser ist nicht in Sicht, aber das Bier ist eindeutig vegan!

Leber: Na, dann kann's ja losgehen!

Magen: Ich habe immer noch Hunger!!!

Geist: Sorry, Dude. Aber es gibt keine vegane Pizza … Und die Chips sehen auch eher nicht vegan aus …

Magen: Kannst du Dieter nicht mal fragen, ob er etwas Veganes da hat?

Verstand: Wittere eine mögliche Gefahr! Was ist, wenn er nicht mehr weiß, dass wir vegan ernähren und sich darüber lustig macht? Oder es gar den Anderen erzählt?

Körper von Klaus

Geist: Viktor hat gerade doch einen Schluck Bier genommen!

Verstand: Das schließt ihn als verbündeten Nicht-Alkohol-Konsumenten aus …

Leber: Schade …

Magen: Dafür gibt es nun endlich Essen!!!

Geist: Vorsicht, die Pizza dampft noch ziemlich. Könnte
heiß sein …

Verstand: Verbrennungsmöglichkeiten wurden berechnet,
wir werden erstmal ein paar Chips essen und sie
etwas abkühlen lassen!

Magen: Och man …

Körper von Thorben

Geist: Tut mir leid Leute, aber die Pizza ist nicht
vegetarisch.

Magen: Wäre ja auch zu schön gewesen … Bleiben wir also
bei Chips …

Leber: Immerhin eine kleine Grundlage …

Verstand: Hoffentlich hat er noch ein paar Tüten auf
Lager, sonst reicht der Vorrat meinen
Berechnungen zufolge nur für eine Stunde.
Zumindest, wenn die Anderen weiterhin
mitessen.

Magen: Ich dachte, die haben jetzt Pizza …

Körper von Viktor

Geist: Thorben isst ebenfalls keine Pizza, also fallen wir nicht so sehr auf!

Magen: Ist er etwa auch Veganer?

Geist: Wohl kaum. Er stopft Haufenweise Chips in sich rein. Die Schüssel ist schon bald leer …

Magen: Oh … Schade …

Leber: Also wir können das Bier gerne trinken, ist ja toll, dass es vegan ist und so … Aber eine kleine Fettgrundlage wäre wünschenswert, wenn wir nicht nach ein paar Bier schon aufhören wollen …

Verstand: Eine Blamage wäre unumgänglich, wenn wir als nicht trinkfest gelten!

Magen: Ich würde dir ja gerne etwas bieten, aber das Mittagessen ist schon lange durch und da war nicht so viel Fett dabei …

Leber: Können wir nicht doch mal nachfragen, ob Dieter etwas Veganes da hat?

Verstand: Es gibt zehn verschiedene Szenarios, in welchen diese Frage zu einer Bloßstellung oder anderen Peinlichkeiten führen könnte!

Magen: Vielleicht sollten wir heute Abend einfach mal eine Ausnahme machen …

Gewissen: Und unsere neu gewonnene Gesundheit im Stich lassen? Nur wegen eines möglichen Outings? Hast du schon vergessen, wie es war, als wir uns noch mit Fastfood vollstopften?

Darm: Oh, erinnere mich bitte nicht daran! Die Darm-Kur hatte diese schrecklichen Erinnerungen so schön mit hinausgespült …

Magen: Jaja, ich weiß es noch zu gut … Soll ja auch nicht heißen, dass wir wieder damit anfangen, ich sprach nur von EINER Ausnahme!

Gewissen: Erinnerst du dich an die Akne? Schuppige Kopfhaut? Die Hautreizungen?

Darm: Oh nein, fang bitte nicht damit an!

Gewissen: Übersäuerung? Angegriffene Magenschleimhaut?

Magen: Jaja, schon gut, ich habe es verstanden! Pizza ist out of the question …

Darm: Na Gott sei Dank!

Gewissen: Ja wohl eher mir …

Darm: Dann eben dem Gewissen sei Dank!

Gewissen: Nicht, dass ihr mich für unbescheiden haltet …

Darm: Nein, nein.

Magen: Höchstens für nervig …

Gewissen: Wie bitte?

Magen: Nichts, nichts …

Leber: Was ist denn nun mit meiner Fettgrundlage?

Magen: Hast du doch gehört: Pizza und Chips sind gestrichen! Und der Verstand weigert sich, Dieter nach etwas Besserem zu fragen …

Verstand: Die Möglichkeit für eine Demütigung wäre einfach zu hoch …

Leber: Die kannst du auch kriegen, wenn ich mich weigere, noch mehr Bier zu entgiften!

Nieren: Moment mal, das ist jetzt aber unfair!

Leber: Setz' dich doch lieber mit mir für etwas Gerechtigkeit ein!

Nieren: Na gut … Also wir fordern Fett und Wasser!

Leber: Wasser?

Nieren: Naja, wenn schon, dann auch gleichberechtigte Forderungen!

Leber: Okay, okay … Also: Fett und Wasser!

Nieren: Fett und Wasser!

Magen: Fett und Wasser!

Leber & Nieren: Du auch?

Magen: Naja, Hauptsache es gibt mal was zu essen …

Verstand: Das ist ja wohl albern!

Geist: Wir könnten auf dem Weg zum Klo einen
unauffälligen Blick in die Speisekammer werfen …

Blase: Tolle Idee, ich müsste nämlich mal … Bier treibt
immer so!

Verstand: Nun gut, dagegen ist wohl nichts einzuwenden.
Aber wir müssen äußerst diskret vorgehen!

Blase: Wieso? Die Anderen waren doch bestimmt auch
schon auf Klo …

Verstand: Nein, nein. Beim Ausspionieren der
Speisekammer meine ich!

Blase: Ach so …

Körper von Klaus

Magen: Die Pizza ist wohl eher so ein Billigzeug … Kaum
vernünftige Nährstoffe, viele Zusatzstoffe …

Darm: Na, das klingt ja aufbauend … Ich kann mich vor
Vorfreude kaum halten …

Leber: Dann habe ich wohl mal wieder richtig was zu
entgiften …

Magen: Ja, wenn du schon kein Bier verträgst …

Gewissen: Nun fangt bitte nicht wieder damit an!

Leber: Wäre wohl immerhin eine gute Fettbasis …

Körper von Thorben

Geist: Der Chips-Vorrat neigt sich dem Ende zu …

Magen: Och nö, ich bin noch nicht annähernd satt!

Leber: Und eine stabile Fettgrundlage ist das auch nicht
gerade … Zum optimalen Alkoholabbau hätte ich
mir etwas mehr gewünscht …

Geist: Wir können ja Dieter nach etwas Nachschub fragen.

Gewissen: Und wenn er uns dann Pizza anbietet?

Magen: Oh nein, bloß nicht!!

Verstand: Klingt nach potenzieller Gefahr … Obwohl wir
sagen könnten, dass wir keinen Appetit auf Pizza
haben – aber das klingt sicherlich irgendwie
verdächtig. Vielleicht sollten wir einfach schnell in
der Speisekammer nachschauen, ob er dort noch
welche hat …

Magen: Genialer Plan!

Körper von Viktor

Blase: Das tat gut!

Magen: Freut mich, dass es dir nun besser geht, aber ich habe immer noch Hunger! Bald fange ich an, mich selber zu verdauen ...

Geist: Immer mit der Ruhe, wir sind nun in der Speisekammer angekommen.

Verstand: Nun aber schnell, damit uns Keiner erwischt!

Magen: Und? Siehst du etwas zu Essen?

Geist: Essen jede Menge, nur nicht vegan ...

Magen: Och maaaaan ...

Geist: Nun gib mir doch mal etwas Zeit zum Gucken. Ist alles ein wenig unübersichtlich hier ... Oh shit, da kommt jemand!

Verstand: Schnell, raus!

Geist: Zu spät, die Schritte sind direkt vor der Tür!

Verstand: Dann Licht aus und verstecken!

Geist: Der Lichtschalter ist draußen ...

Verstand: Worauf warten wir denn noch, wir müssen uns halt so verstecken!

Geist: Ja, schon, nur wo ...? Wir passen schlecht ins Regal
rein und andere Möglichkeiten gibt es hier nicht!
Keine dunkle Ecke oder so ...

Verstand: Verstecken!!!

Körper von Thorben

Geist: In der Speisekammer ist Licht ...

Verstand: Vielleicht hat Dieter ja vergessen es
auszumachen ...

Magen: Ist doch egal, jetzt guck einfach, ob es dort noch
Chips gibt!

Geist: Schon gut, ich bin dabei. Wir öffnen gerade die Tür
und ... Oh ....

Magen: Was denn? Keine Chips mehr da?

Geist: Das ist es nicht ... Hier ist noch jemand.

Verstand: Oh nein, wurden wir entdeckt?

Geist: Es ist Viktor ...

Magen: Viktor??

Verstand: Viktor? Was will der denn hier? Vielleicht auch
Chips nachholen? Oder ...

Magen: Gibt es denn noch Chips?

Geist: Ja, rechts von uns …

Magen: Na, dann lass uns zugreifen und verschwinden!

Verstand: Moment, das können wir nicht einfach so machen! Wir müssen das hier erst einmal geklärt haben!

Magen: Was gibt es da noch zu klären? Es gibt Chips und damit ist alles klar!

Geist: Er fragt uns nun, was wir hier wollen …

Körper von Viktor

Gewissen: Das war bestimmt keine gute Idee, ihn zu fragen, was er hier will … Immerhin hat er uns quasi auf frischer Tat ertappt …

Verstand: Unsinn, wir könnten auch einfach nach neuen Chips gesucht haben oder …

Magen: Aber wir haben doch gar keine Chips gegessen.

Verstand: Das weiß er ja nicht.

Gewissen: Und wenn doch? Wenn er etwas ahnt?

Geist: Er hat gerade geantwortet, dass er nur nach neuen Chips geguckt hat!

Verstand: Gott sei Dank, dann nimmt er sie bestimmt und geht gleich wieder … Vielleicht sollten wir sie ihm

sogar zeigen, das könnte den Prozess
beschleunigen …

Magen: Aber erst mal gucken, ob da vielleicht vegane
Chips dabei sind!

Körper von Thorben

Geist: Er hat uns nun die Chips gezeigt!

Magen: Sehr gut, lasst uns verschwinden!!!

Gewissen: Sollten wir ihn nicht fragen, ob wir ihm auch
beim Suchen helfen können?

Magen: Hat er denn nicht die Chips gesucht?

Verstand: Das wissen wir noch nicht.

Magen: Ist doch egal, wir haben ja jetzt, was wir wollten!

Gewissen: Sei nicht immer so egoistisch!

Verstand: Wir fragen mal nach, was er sucht …

Körper von Viktor

Geist: Jetzt hat er gefragt, was wir denn suchen und ob er
uns helfen kann …

Gewissen: Oh nein …

Verstand: Das ist nun eine verzwickte Situation … Wir
sollten einfach ablehnen.

Gewissen: Wäre das nicht unhöflich?

Verstand: Besser, als entdeckt zu werden!

Körper von Thorben

Geist: Er hat gesagt, wir sollen uns ruhig schon wieder ins
Wohnzimmer setzen.

Magen: Na bitte, er braucht unsere Hilfe nicht. Also, nichts
wie weg und die Chips aufmachen!

Gewissen: Aber vielleicht traut er sich auch nur nicht zu
fragen …

Herz: Wieso sollte er sich denn nicht trauen? Wir sind
doch befreundet!

Verstand: Scheint fast so, als wolle er etwas verbergen …

Magen: Oh nein, hat er etwa vor, die restlichen Chips
alleine aufzuessen?

Verstand: Die Wahrscheinlichkeit ist nicht sehr hoch …

Geist: … schon gar nicht, wo er doch bisher außer dem
Bier nichts angerührt hat!

Magen: Soll das heißen, er hat noch gar nichts gegessen?

Leber: Das klingt aber nicht besonders gesund …

Verstand: Vielleicht hat er keinen Hunger.

Magen: Unsinn!

Geist: Er sieht eher so aus, als würde er etwas verheimlichen …

Verstand: Also das ist wirklich sehr verdächtig! Alleine in der Speisekammer, den ganzen Abend noch nichts gegessen und will sich nicht einmal helfen lassen …

Magen: Er will uns bestimmt etwas wegessen!

Körper von Viktor

Geist: Er sieht so aus, als würde er etwas ahnen …

Magen: Oh nein … Wir sind geliefert!

Gewissen: Vielleicht sollten wir einfach die Wahrheit sagen …

Verstand: Aber denk doch an die möglichen Auswirkungen!

Geist: Er hat uns gerade gefragt „Sicher, dass du keine Hilfe brauchst? Du hast doch den ganzen Abend noch nichts gegessen … Willst du nicht auch ein paar Chips?"

Körper von Thorben

Magen: Habe ich richtig gehört? Du hast ihm gerade Chips angeboten? Wieso um alles in der Welt bieten wir ihm unsere Chips an?

Gewissen: Die gehören immer noch Dieter und sind schließlich für alle da!

Magen: Aber er hat doch bisher sowieso gar keine gegessen …

Körper von Viktor

Magen: Was sollen wir denn nur sagen? Vielleicht sollten wir eine Ausnahme bei Chips machen?

Gewissen: Akne, Aufstoßen, …

Magen: Jaja, schon gut. Dann eben nicht … Aber was sollen wir machen?

Gewissen: Die Wahrheit ist immer der beste Weg!

Verstand: Aber was ist, wenn er es ausplaudert oder uns auslacht …

Gewissen: Scheiß drauf, echte Freunde sollten sich vertrauen!

Verstand: Aber …

Gewissen: Ich gebe den Befehl zum Geständnis!

Magen: Was??

Verstand: Nein, das ist zu gefährlich!

Geist: Zu spät, wir haben ihm gerade gesagt, dass wir
Veganer sind.

Körper von Thorben

Magen: Was sagt er denn nun?

Geist: Er hat gesagt, er sei Veganer und suche deshalb
nach etwas Veganem zum Essen …

Magen: Wie bitte?

Verstand: Das ist nun wirklich eine unvorhersehbare
Wendung …

Herz: Ein Verbündeter! Endlich!

Magen: Moment mal, wir sind Vegetarier, das ist ein
Unterschied!

Herz: Ja, aber wir haben beide ein Herz für Tiere!

Magen: Woher willst DU denn wissen, was für ein Herz er
hat?

Herz: So etwas habe ich im Gefühl!

Geist: Er scheint sehr nervös zu sein …

Verstand: Wir sollten ihm antworten!

Herz: Zeigen wir ihm, dass wir auf seiner Seite sind!

Körper von Viktor

Geist: Er ist Vegetarier!!!

Magen: Wirklich?

Verstand: Gott sei Dank, keine Blamage!

Gewissen: Die Wahrheit hat mal wieder gesiegt!

Herz: Das ist wahre Freundschaft! Komm an meine Brust,
mein Bruder!

Körper von Thorben

Magen: Wieso drückt das hier denn plötzlich so?

Geist: Wir befinden uns gerade in einer
kameradschaftlichen Umarmung!

Herz: Ach wie rührend …

Verstand: Das verändert die Lage natürlich gänzlich. Jetzt
sind wir nicht mehr auf uns allein gestellt. Wir
können uns sogar über Ernährung unterhalten!

Gewissen: Und wir sollten ihm helfen, etwas zu Essen zu finden.

Geist: Natürlich, schon dabei!

<u>Körper von Viktor</u>

Geist: Jetzt hilft er uns sogar bei der Essensuche! Ist das Leben nicht schön?

Herz: Endlich ein Gleichgesinnter!

Verstand: Das Wort ‚gleich' ist vielleicht nicht ganz angebracht, schließlich gibt es da immer noch gewisse Unterschiede …

Herz: Jaja, aber wir sind dennoch Verbündete!

Verstand: Definitionssache …

Gewissen: Keine Streitereien jetzt!

Herz: Aber …

Verstand: Ich wollte doch nur …

Gewissen: Wir sollten den Moment genießen!

Magen: Ja! Genießen! Endlich werden wir etwas essen können! Thorben sei Dank!

Körper von Klaus

Geist: Ein Bier ist bereits erfolgreich in der Topfpflanze
gelandet.

Verstand: Nun behalten wir die Flasche in der Hand und
tun ab und zu so, als würden wir etwas trinken.

Leber: Toller Plan!

Gewissen: Hoffentlich merkt das keiner …

Verstand: Wir können ja zwischendurch vortäuschen, uns
ein neues Bier zu holen …

Geist: Die Anderen haben sowieso schon einiges
getrunken, die merken das bestimmt nicht mehr!

Leber: Dem Alkohol sei Dank!

Gewissen: Na, jetzt aber nicht rückfällig werden.

Leber: Ich meinte doch nur, dass die Anderen uns jetzt
nicht mehr so leicht durchschauen können, weil
ihre Köpfe benebelt sind!

Gewissen: Ach so …

Nieren: Vielleicht könnten wir die Flasche auch unauffällig
mit Wasser füllen, dann haben wir tatsächlich
etwas zu Trinken und die Flasche sieht zudem
wieder voll aus.

Verstand: Genialer Plan! Könnte von mir sein …

Kapitel 8: Frauenabend

Körper von Gottholde

Magen: Den ganzen Tag hungere ich mir einen zurecht und nun servieren wir hier nur vegane Snacks?!?

Gehirn: Die Kinder werden es uns danken. Besonders ab der vierten Klasse ist es gut, eine gewisse Vorbildfigur in Sachen Körperbau zu übernehmen.

Magen: Kinder, so ein Quatsch! Die sollten so aufwachsen dürfen, wie sie wollen ... Und vor unseren besten Freundinnen müssen wir uns wohl kaum als Grundschullehrerin profilieren! Ich habe Hunger!!! Und zwar auf Steak!

Gewissen: Das wäre Gudrun gegenüber sehr ungerecht. Sie tut sich mit dem vegetarischen Dasein doch immer noch etwas schwer. Und Siegtrud hat sich so sehr gefreut, als wir ihr am Telefon gesagt haben, dass wir extra für sie in der Essensauswahl vegan geblieben sind ...

Milz: Lymphozyten Marsch!

Gehirn: Ruhe da im Funkverkehr!

Milz: Verzeihung, Ma'am. Seit des Raumstimmentrainings bei dem schauspielerischen Seminar zur Fortbildung didaktischer Fähigkeiten ...

Gehirn: Ist schon in Ordnung. Dies sollte nur nicht allzu oft vorkommen.

Milz: Alles klärchen.

Gehirn: Wie bitte?

Milz: Oh, Verzeihung. Alles klar, Ma'am.

Gehirn: Und jetzt noch mal im ganzen Satz. Subjekt, Prädikat, Objekt.

Milz: Es wird nicht wieder vorkommen, Ma'am.

Gehirn: Sehr schön.

Magen: Sonst gibt's einen Eintrag ins Klassenbuch ...

Milz: Blödfrau!

Gewissen: Gewalt ist keine Lösung. Und Streitereien genauso wenig.

Nieren: Wie wäre es mit einem kleinen Erfrischungsgetränk?

Gehirn: Ein Schluck Mineralwasser gefällig?

Nieren: Ja, bitte. Sehr aufmerksam.

Magen: Allerdings ohne Kohlensäure, wenn dies möglich wäre! Die sorgt sonst wieder für Übersäuerung.

Körper von Siegtrud

Herz: Es ist wirklich lieb von Gottholde, extra für uns ein veganes Buffet zu machen.

Gewissen: Wir sollten im Gegenzug irgendwas Nettes über ihr Outfit sagen!

Magen: Aber darüber bitte nicht das Essen vergessen, ich bin am verhungern!!!

Gehirn: Wir müssen auf unsere Figur achten. Die Anderen sollen schließlich sehen, dass das vegane Dasein viele Vorteile mit sich bringt.

Magen: Vorteile? Dass wir jetzt zusätzlich noch einen auf Diätplan machen, ist ein Vorteil?!?

Darm: Also die Umstellung auf vegane Ernährung ist auf jeden Fall ein Vorteil im Verdauungsprozess. Diese ganzen Milchprodukte haben ja doch immer nur alles vollgeschleimt und waren höchstens gut für ordentliche Blähungen zu verwerten!

Körper von Gudrun

Magen: Hoffentlich bringt Sieglinde ihren ausgezeichneten Fruchtquark wieder mit!

Gewissen: Wohl kaum, wo Siegtrud doch kommt.

Gehirn: Sie ist schon deutlich länger Veganerin als wir
Vegetarier sind, also sollte sie damit ja wohl kein
Problem haben.

Gewissen: Ihr etwas vorzuessen wäre aber nicht
besonders nett ...

Magen: Solange keiner Fleisch mitbringt ... Ich weiß nicht,
ob ich mich bei einem ordentlichen Rindersteak
wirklich zurückhalten könnte ...

Darm: Aber Fleisch braucht immer solange zum verdauen.

Körper von Gottholde

Nieren: Jetzt geht's mir schon besser.

Magen: Mir noch nicht! Können wir diesen Obstsalat nicht
noch einmal vorkosten?

Gehirn: Nein, tut mir leid.

Magen: Tut es dir gar nicht!

Gewissen: Es wäre nun wirklich nicht gastfreundlich,
vorher schon das Buffet leer zu essen.

Magen: Spielverderber.

Milz: Hat hier jemand etwas von spielen gesagt?

Gehirn: Nein! Ruhe jetzt.

Körper von Siegtrud

Gehirn: So, wir sind nun angekommen.

Magen: Wie wär's mit'nem netten Knurren, um zu zeigen, dass das Buffet sofort eröffnet werden könnte?

Gewissen: Das wäre sehr unhöflich!

Darm: Angesichts der Leere hier jedoch durchaus angebracht ...

Gehirn: Nichts da. Ruhe hier, wir begrüßen uns jetzt!

Körper von Gottholde

Gehirn: Die ersten Gäste treffen jetzt ein, also wünsche ich mir nun ein vorbildliches Benehmen. Habe ich mich deutlich genug ausgedrückt?

Milz: Ja, Ma'am.

Magen: Jaja ... Solange es dann bald mal Essen gibt ...

Körper von Gudrun

Gehirn: Wir sind im Haus. Traumhafte Ausstattung. Diese Sitzgarnitur ...

Magen: Und das Buffet?

Gehirn: Sieht nach einem leckeren, fleischfreien Gaumenschmaus aus.

Magen: Jaaaa! Gottholde sei Dank!

Gehirn: Und Heidrun und Siegtrud sind auch da.

Geist von Heidrun: Hallo Leute.

Magen: Aaaarrrrghhhh!

Darm: Was war denn das gerade?

Milz: Die Stimme kenne ich ja noch gar nicht …

Gehirn: Ich höre Stimmen … Oh nein …

Herz: Die Welt geht unter!

Geist von Heidrun: Alles okay Leute. Bin doch nur ich.

Gehirn: Und wer ist ‚ich‘?

Geist von Heidrun: Heidrun hat letztens einen Kurs besucht, um mit dem Geist reisen zu können und seitdem unternehme ich immer mal wieder Ausflüge in die Wahrnehmung und Medien anderer Leute.

Magen: Medien??

Geist von Heidrun: Körperliches Medium der Seele in diesem Leben.

Gehirn: Aha.

Milz: Ist ja gruselig ...

Herz: Ich wäre vor Schreck beinahe stehen geblieben!
　　　Mach' das bloß nicht noch einmal!

Geist von Heidrun: Sorry, bin schon weg ...

Darm: Was war denn da jetzt los?

Leber: Außerirdische sind in unserem Körper gelandet!

Darm: Was?!

Gehirn: Unsinn. Alle beruhigen sich jetzt hier mal wieder.
　　　Wir haben nun Konversation zu führen. Also
　　　Konzentration!

Körper von Sieglinde

Gehirn: Jetzt glaubt diese blöde Kuh doch tatsächlich MIR
　　　Kosmetik-Tipps geben zu können! Also wirklich,
　　　wer hat denn hier eine Ausbildung gemacht?!?

Magen: Was ist da los? Hier kommt noch überhaupt gar
　　　nichts an!

Gehirn: Das Buffet wurde erst jetzt eröffnet, wo alle
　　　angekommen sind ...

Magen: Ja, dann mal los!

Gehirn: Nun musste ich mir ja erst mal diese
　　　Unverschämtheit von Gottholde anhören!

Magen: Welche Unverschämtheit denn?

Gehirn: Schminkratschläge von einer zweitklassigen Grundschullehrerin – dumme Zicke!

Gewissen: Ladies, beruhigt euch doch.

Magen & Gehirn: Nein!

Magen: Ich will jetzt essen!

Gehirn: Ich will Gottholde den Gemüseauflauf ins Gesicht schmeißen!

Gewissen: Gewalt ist keine ...

Gehirn: Komm mir jetzt bloß nicht mit altklugen Grundschulweisheiten!

Geist von Heidrun: Hallo Ladies.

Herz: Aaaaarrrrrghhhh!

Magen: Oh nein, was kommt denn nun schon wieder dazwischen?

Darm: Ist was passiert?

Leber: Was ist denn los?

Milz: Wer spricht da?

Gehirn: Ruhe und Ordnung Ladies, man versteht ja sein eigenes Wort nicht mehr! Ruhe im Funkverkehr!

Geist von Heidrun: Wollte nur mal bei euch vorbeischauen und gucken, ob ihr alle schön entspannt seid ...

Herz: Entspannt? Halb tot bin ich! Schockstarre nennt sich das, nicht Entspannung!

Geist von Heidrun: Sei doch einfach im Einklang mit dem göttlichen Sein ...

Magen: Wäre ich bestimmt, wenn's hier endlich mal etwas zu Essen gäbe!!!

Gehirn: Ruhe habe ich gesagt.

Milz: Ja, aber wer spricht denn da?

Geist von Heidrun: Ja, Hallo erst mal, hier spricht ...

Gehirn: Halt, Stopp! Jetzt rede ich! Also: Wer bist du und was machst du in unserem Funkverkehr?

Geist von Heidrun: Ich komme von Heidrun und wollte nur mal vorbeischauen ...

Milz: Wie, du kommst von Heidrun? Was soll das denn heißen?

Geist von Heidrun: Ja, sie hat da letztens ein Seminar besucht und ...

Gehirn: Nene, wir können hier gerade keine Ablenkung gebrauchen. Wir müssen jetzt erst mal Gottholde ihren Lieblingspudding wegessen!

Magen: Jaaaaa!

Gewissen: Das ist aber nicht besonders nett ...

Gehirn: Wenn die doofe Kuh meint, uns kosmetische
Ratschläge geben zu müssen ... Die wird schon
sehen, wenn wir nachher unsere Beauty-Masken
machen, wer hier mehr Ahnung hat! Und meine
Gesichtskur bekommt DIE nicht!!!

Körper von Siegtrud

Magen: Endlich! Und es ist auch noch lecker! Toll!!

Gehirn: Bist du also mal zufrieden?

Magen: Vorerst ...

Gehirn: Immerhin.

Darm: Bei mir kommt noch nichts an ...

Magen: Nun warte doch mal! Der Obstsalat kommt gleich
schon.

Nieren: Wie wäre es mit etwas Flüssigkeit?

Magen: Nicht direkt nach dem Essen!

Nieren: Blöde Zicke!

Magen: Selber doof!

Gewissen: Aber, aber ... Wir wollen doch jetzt wohl nicht wieder streiten ...

Darm: Nö, jetzt nicht mehr, nun kommt ja der Obstsalat endlich!

Körper von Gotthold

Gehirn: So, nun sind alle ordnungsgemäß bewirtet worden und hoffentlich auch vorerst gut gesättigt.

Magen: Bei dem Viehfutter wohl kaum ...

Gewissen: Also ich muss doch schon sehr bitten!

Magen: Was denn? Grünzeug macht nun mal nicht lange satt! Ich könnte in einer Dreiviertelstunde locker schon wieder Nachschub gebrauchen.

Darm: Ist aber bisher sehr angenehm zu verdauen ...

Leber: Und endlich mal nicht so fettig!

Nieren: Und der Säure-Basen-Tee ist einfach wundervoll!

Gehirn: Dann könnt ihr da ja schön vor euch hin verdauen, während nun der Gesichtsmasken-Ball losgeht. Sieglinde gibt schon die ganze Zeit damit an, also wollen wir mal sehen, ob das wirklich qualitativ hochwertig ist ...

Körper von Sieglinde

Gehirn: Ha! Der Ausdruck auf Gottholdes Gesicht, den hättet ihr sehen müssen! Hammer!

Milz: Was ist denn passiert?

Gehirn: Huch, wieso du denn jetzt? Was ist mit dem Rest?

Milz: Verdauungspause ...

Gehirn: Ach so.

Herz: Also was ist denn nun los?

Gehirn: Nur ihr zwei? Das ist ja ein spärliches Publikum ... Na gut ... Ihr Gesichtsausdruck als alle meine Gurkenmaske bewundert haben! Haha! Und als ich dann noch meine perfekt glatten Waden gezeigt habe, hat sie sich gar nicht mehr eingekriegt vor Neid!

Gewissen: Schadenfreude ist ...

Gehirn: ... die schönste Freude!

Gewissen: Nein, nein ...

Gehirn: Doch, doch! Und ich werde ihr nicht mein Geheimnis verraten! Ich habe nur durchblicken lassen, dass ich nicht mehr rasiere und es besser funktioniert als Waxing. Sie wird sich dumm und dämlich suchen, bis sie Sugaring entdeckt!

Milz: Genialer Plan!

Gehirn: Ja, ich weiß. Ist ja auch von mir!

Gewissen: Eingebildet sein ist keine Tugend!

Herz: Freudentanz gefällig?

Gehirn: Sowas von!!!

Körper von Gottholde

Gehirn: Wenn Sieglinde mich weiter so schadenfroh
anguckt, werde ich sie des Hauses verweisen!

Milz: Vorbildlicher Genitiv!

Gehirn: Ruhe!

Milz: Ich wollte doch nur aufmunternd sein ...

Gewissen: Dafür gibt es ein Sternchen.

Gehirn: RUHE! Alle Klappe halten! Ich habe keinen Bock
mehr auf den Scheiß hier!

Gewissen: Also, das ist jetzt aber schon etwas drastisch!
Und das Sch-Wort wollten wir doch gänzlich
abschaffen ...

Darm: Also von WIR kann da keine Rede sein!

Magen: Ich habe mich bei der Wahl enthalten ...

Gehirn: Schnauze halten und zwar alle! Sonst gibt es
Nachsitzen und einen Eintrag ins Klassenbuch!

Gewissen: Wir sollten uns erst mal wieder beruhigen ...

Geist von Heidrun: Hallo Leute.

Gehirn: Aaaaaaaaaaaaaaaaaaaaaarrrrrrrrgh!!!!

Körper von Siegtrud

Gehirn: Also, dass Gottholde uns jetzt einfach ohne
Filmabend rausgeworfen hat ...

Herz: Und ich hatte mich schon so auf diesen
schnuckeligen Hauptdarsteller gefreut!

Körper von Gudrun

Gewissen: Ob es Gottholde nicht gut geht? Vielleicht
arbeitet sie einfach zu viel ...

Gehirn: Sie sollte wohl mal Urlaub nehmen ...

Herz: Die ist doch Lehrerin, die hat ständig Urlaub! Wir
hingegen könnten uns mal in der Karibik einen
Strand voll heißer Männer gönnen!

Magen: Oh ja, Mangos so viel das Herz begehrt!

Herz: Also ich begehre da eher etwas anderes ...

Gehirn: Ist doch nur eine Redewendung.

Herz: Ach so ...

Körper von Sieglinde

Gehirn: Blöde Kuh! Zu der gehen wir nie wieder!

Gewissen: Ganz ruhig. Ein- und Ausatmen ...

Körper von Heidrun

Gewissen: Vielleicht haben wir es etwas übertrieben mit
dem Geistestraining ...

Magen: Also ich fand's gut! Und jetzt können wir Zuhause
ein kleines Verdauungsschläfchen machen!

Darm: Oh ja, auf links liegen bitte. Das gibt ein optimales
Verdauungs-Endprodukt!

Gehirn: Ist vermerkt. Ab nach Hause ...